散文的气质

孟繁华 著

北京出版集团
北京十月文艺出版社

目录

不仅仅是唯美的告白

——90年代散文随笔中的谢冕

与谢冕先生接触，最直观的印象大概就是他的达观性情，率真坦白，同时他的“爱美之心”也是出了名的，他自己不仅衣着整洁、流光溢彩，而且爱美景、美图、美酒、美食、美女、美文，凡是与美有关的人与事，他都喜欢。因此，说谢先生是一个“唯美主义者”也大体不谬。他到过世界许多地方，不论远近，一定带上一部相机，除了与新朋老友“合影留念”外，还要拍许多入眼的风光备日后欣赏。谢先生爱美食，他的所谓美食不是一掷千金的“生猛海鲜”“满汉全席”“法国大菜”，而是在家常菜中吃到的美味，比如当年北大校园外“天上天”的五花肉，蓝旗营“红辣子”

餐馆的芷江鸭，家乡的鱼圆汤或各地小吃，如果有老馆子烧的传统菜肴，那就更好了。吃过后，谢先生总会曲终奏雅有一番评点。如果遇上不明事理的我们，下次会再点上那道菜，这时谢先生总会委婉否决：“吃过了，换一个吧？”说谢先生爱美女可能有些不全面，全面的说法是美女也爱谢先生。只要到外地开会或有其他聚会的时候，夸张一点说，谢先生身边总是吸引着不同年龄段的各路美女，然后谈笑风生一路拍照，这是聚会的一道抢眼风景。20世纪末在武汉开会，一个美女博士生总是追随谢先生左右，但晚饭后散步时却被程文超、陈晓明花言巧语抢先一步。谢先生后来笑谈曰：“商场无父子，情场无师生。”文超已过世，晓明有口难辩，虽有《与谢公相忘于东湖》公开发表试图过关，但历史公案莫衷一是，发乎情止乎礼一时传为佳话却是事实。谢先生爱美文是大家都知道的，而且他也写过许多脍炙人口的美文，或被教材选用，或被北大校长迎新生的大会上引用。

谢先生写美文是出自真心的热爱。他在读少年时代朋友王鹤龄《躬逢其盛自奋蹄》感言中说：“人的一生有很多偶然的因素，决定了他日后的发展。例如王鹤龄，他的才分是在文学，但命运却对他做了另外的安排。这也许是一种遗憾。但是，我想，文学这东西变成专业未必是好事，这种‘职业病’我是受够了。文学在本质上是一种人生的滋润和补充，把文学当作赖以生存的手段和方式，总有一点不妥。我很羡慕那些有一个正式的职业而把文学当作业余爱好的人。在他们，文学就不是一种‘苦役’，而是一种兴趣和享受。”在谢先生那里，写率性而为信手拈来下笔万言倚马可待的散文随笔之类的文字，因其“业余”就成了一种享受。遗憾的是先生总是日理万机事必躬亲，这样的文字远不如“苦役”中“熬出”的文字多。于是，我们就会认为谢冕是一个“唯美主义者”。

谢先生经常出访国内外，大都是对方的邀请，好像他还没有享受过“公派”出国的待遇。在完成邀请者要求的演讲或交流后，他有机会目睹不同的自然风光和人类文明。这是他散文随笔重要的题材之一。但这些文章中的谢先生，显然不是一个纯粹的“游山玩水者”，他欣赏造物主的鬼斧神工，慨叹大自然的亦真亦幻，惊异人类创造伟力的同时，也总会想到自己国家发生的事情，想到他亲历或目睹的现实。他曾写过两篇花园都市维也纳的文章。我们读到了这样的文字：

> 三年后的一个元旦之夜，我从噩梦中醒来。维也纳的乐声唤起了一片生意，它令我忘却昨日。古典的交响乐声中端坐着盛装的维也纳：西服、领带、长裙、项链、香水和鲜花。乐队指挥的燕尾服，闪光的铜号和长笛，又是鲜花、谢幕和掌声。最后是《拉德斯基进行曲》，台上和台下，有节奏的击掌，四座同歌！曲声尽处，人影依依。

维也纳新年音乐会当然不仅仅是一场音乐会，它同时也是来自世界各地的人们向欧洲伟大文明致敬的仪式。“它显示着修养和情趣。……尽管年年如此，却总是年年如此地认真、充满兴味，最要命的是，总是这样的高雅，高雅得让人嫉妒。”对音乐和高雅的意属，我们仍会认为谢先生是一个“唯美主义者”。

但是，就在欣赏这高雅音乐的同时，电视里还播放着另一个晚会：“那里是一台中国的新年节目。两个身穿长衫的男人头上各翘一只小辫，脸上好像都抹着白粉。他们品位不高的逗乐引发了一阵又一阵哄笑。这里的喧闹和世界另一边的安静、肃穆、有节奏的击掌，这里的小辫、花脸和那里的香水、项链、曳地的长裙造出了反差。无情的对比构成了心的蒙羞。”还有，在维也纳的“金戒指”内环大街上，他看了“两侧展出连绵不断的建筑物。从古希腊罗马到文艺复兴，从哥特式到巴洛克式，所有的建筑都保持完好，虽历经世纪的沧桑而不改容颜。……这里尊重文化和文明的品格让人嫉妒，这里的一尘不染和彬彬有礼也让人嫉妒。还有，在那些最古典的建筑群中，竟然也容纳了最现代的建筑物，雍容典雅之中居然允许最异端的‘怪物’，它的包容性和大度也让人嫉妒。”然而回望故乡，古城被摧毁，园林在消失，垃圾掩埋城市，污水倾注河流。而所有的道路“都在翻掘，翻掘了，再翻掘”。看到这些文字，还能认为谢先生仅仅是一个“唯美主义者”吗？

在国内，我们所到之处如果遇到记者，他们总会问上一句:“我们这里有什么变化？”事实上，当变化太多，变得没有章法或唯变是举的时候，我们宁愿看到那些没有变化的东西。谢先生肯定也有类似的想法。他看到家乡旧居后面那片梅林消失的时候，“拥有的怅惘和哀伤是说不清的”；

看到北京城甚至大学院墙上，撕了贴贴了又撕的“花柳病”广告时，他想起了“这民族的劣根性，它的冥顽和麻木说明痼疾的深重”；看到苏州街重修之后，秀丽的景色被一排档遮蔽，他被震怒了：大小围墙是为了遮人眼目，只因这是一个“农民王国”，苏州街的排档，“挡住那风景是为了不允许人不花钱就能看到那绿树、那曲水、那挑在树梢的酒旗”。还有许许多多，在各种风景中，谢先生总要洞穿那些弥漫四方的污浊气息或胆大而无知的妄为。这时，我们还能认为他仅仅是一个“唯美主义者”吗？

这时，我想起了谢先生另一篇不大引人注意——也与时尚相去甚远的文章：《寻找雨花台》。他在文中写道：

> 那些死去的人都是一些崇高的人。雨花台埋葬着敢于为自己确定的理想而献身的人们。在人类社会，那些拥有理想者无疑都属于这个社会的优秀分子——先不论他的理想属于何种形态。有理想的人，比浑浑噩噩的人、醉生梦死的人更有益于社会的前进。因为他不满足于现在，他有对于未来的追求。在各种各样的“理想主义者”中，能够为自己的信仰去牺牲的

人——就是说，他不是一般地相信什么，而是能以自己的生命去殉自己的目标，相信自己的生命将在庄严的消失中获得庄严的后续——更是一种超凡的伟大。雨花台埋葬着的就是这样一些人。

在时尚引领风潮的时代，敢于说出自己诚实的体会不是一件容易的事情。20世纪90年代中期，世风已变，随意嘲笑或诋毁那一代有理想的仁人志士已经不当作一回事。谢先生当然不会为风潮左右，但在那个时代，他不是在为雨花台烈士说公道话，这没有必要，他是在这些亡灵面前言说自己。这种情怀，曾伴随他走过青年时代，我相信至今他还是没有改变。他那代人的青春让人羡慕。

谢先生无疑是一位美文作家，他诗意的文章饮誉文坛。他崇尚文明、高雅和与美有关的一切事物。但他绝不仅仅是一个“唯美”作家。他所接受的教育和传统以及他内心的要求，决定了他的情感方式和关注的问题所在。这和倡导“纯文学”的批评家们是大异其趣的。他有一散文名篇《永远的校园》，北大校长许智宏在2005年本科新生开学典礼上的讲话引用了这篇文章中的话。他说：正如谢冕先生在《永远的校园》中写到的:“……因为这里是一块圣地。从上个世纪末叶到如今，近百年间中国社会的痛苦和追求，都在这里得到集聚和呈现。”谢先生关注的是“中国社会的痛苦和追求”。因此，他甚至反对为“唯美”而唯美的艺术，反对为艺术而艺术。在90年代中期，各种奇异的文学观念还前赴后继此起彼伏的时候，谢冕先生重申了“文学的使命”。当“教化”成为文学唯一要求的时候，他反对“教化”，当文学的“教化”功能被要求抽空的时候，他却强调文学家行使这一职责。他发现了一些人对伟大文学家诸种言说的断章取义甚至偷梁换柱。这“有意的忽略”“不是装作没有看见，便是装作毫无所知，因为，这些话多少都在批判着他们的失去历史记忆和对事实的麻木不仁”:

> 加缪说:“为艺术而艺术的真理，其实不过是喊出了不负责任的声音罢了。为艺术而艺术是一位超然艺术家与世隔绝的消遣，确实也是一个人为的、专门利己的社会矫揉造作的艺术。这种理论的逻辑结果就是小团体的艺术，或者是那种靠着装模作样、抽象观念以及导致整个现实毁灭而存在着的纯粹形式主义的艺

术。这样，少数几部作品打动少数几个人，而多数粗制滥造之作则腐蚀其他许多人。最终，艺术便在社会之外形成，而与其活的根源却断绝了关系。渐渐地，即使是颇有名望的艺术家，也只好孤独寂寞。”他还说：“不负责任的艺术家的时代结束了。当艺术自由的唯一目的是保证艺术家安逸舒适时，它就没有多少价值了。”萨特的话同样强调了文学对世界的介入，指出文学并非与世无涉的事业，他说：“不管你以什么方式来到文学界，不管你曾经宣扬过什么观点，文学把你投入战斗；写作，这是某种要求自由的方式；一旦你开始写作，不管你愿意不愿意，你已经介入。”他特别提出劝告：“作家应关心人们所写的时代，为同时代人写作，为改变我们周围的社会出一份力。”

谢先生是借助加缪的话来表达他的文学观念，也是用心良苦。我之所以原文照搬地大段引用，意思是说，谢先生这番话距今已经十几年过去了，但他忧虑的那些问题不仅没有得到缓解，而且愈演愈烈有增无减。在这个惊慌失措的“文化乱世”，文学正在失去它的精神方向。文学的英武气象已荡然无存，它的甜蜜和卑琐几乎惨不忍睹。它艺术上的成熟和气质上的卑微形成了巨大的反差，因此，文学已经不再属于这个时代。

谢先生是一个热爱肖邦、热爱雨果、热爱雪莱的知识分子。他外在的达观、性情不能遮蔽他内心深刻的忧患和批判意愿。他热爱美的事物，但通过美的事物，他要暴露不能容忍的丑恶，让世界的丑恶有所顾忌无处藏身。因此，他的那些美文就不仅仅是“唯美”的告白。这就是90年代散文随笔中的谢冕。我之所以选择谢先生90年代的散文随笔来谈论他，是因为在一个大转型的时期、在一个慌乱而难以做出文化选择的时代，是最能够体现一个人的镇静、勇气和洞察能力。他那个时期的文章为我们显像了另一个真实的谢冕：一个热爱生活、热爱艺术、热爱家乡和朋友，同时这个世界的一切都与他有关的谢冕。

原载《南方文坛》2007 年第 1 期

美食亦文心

——读谢冕先生散文集《觅食记》

谢先生一生治学，教书育人。他治学，专事新诗，按他自己的说法，“一生只做一件事”，终于成为治中国新诗第一人；他教书育人，特别是对硕士、博士研究生，大体“散养”，并不正襟危坐整日训诫。离开校园后，他兴致最高的，是和学生一起吃饭，大快朵颐毫无顾忌。聚餐结束逐一评点，曲终奏雅皆大欢喜。

辛丑岁末，谢先生望九，学生辈众人又一次在北大博雅国际酒店与先生相聚，幸得师妹高秀芹相赠先生毛边散文新著《觅食记》一部，先睹为快不亦乐乎。先生是大学者，同时也是大散文家。他的《永远的校园》、《槐花约》及

《红楼钟声燕园柳》诸篇，有广泛的读者，有的被选进了教材，有的被大学校长新生迎新会上引用。如是，可以看作谢冕先生是一位专事校园写作的知识分子大教授；但是，这只是谢先生的一面。他的另一面在《觅食记》中一览无余。这就是他的生活情趣和人间情怀。我们都知道谢先生喜欢“吃”，但他喜欢的吃不是旧时代“王公贵族”的吃，不是今天“上流社会”的吃，他吃的不是排场，不是身份。他的吃与普通人无异。《觅食记》中的“面食八记”“小吃四记”“燕都五记”“寻味十一记”，以及“前言 味鉴”和“末篇 觅食寻味”凡三十篇，记述的各种食物，几乎人人吃过。比如北京的灌肠、卤煮火烧、炒肝、面茶、门钉肉饼、煎饼馃子，以及豆汁焦圈萨其马，爆肚粉肠豌豆黄，他都赞不绝口，而非敬谢不敏；至于家乡的鱼丸、肉燕、光饼、牡蛎、虾酥等，更是兴致盎然如数家珍。20世纪80年代中期，我曾陪他去福建各地，在福州街边，他驾轻就熟地买了鱼丸，与我等站在街边悠然自得。当然，他也记下了中国不同的菜系，鲁菜、川菜、淮扬菜、粤菜等。但他更有兴致的，还是寻常百姓家的吃食。比如新宾的“八碟八碗”，北大周边的“红辣子”，天桥剧场边上的“卤煮”等。更有甚者，他吃了牛汉先生太阳城老年公寓的馅饼后，不仅念念不忘，而且每年与学生一起举办“馅饼大赛”，成为圈内一道风景，一时传为佳话。

谢先生觅食的不同还在于，他专注吃，懂得吃，而且有自己真实的体会。在吃的同时，他兼及各地风情风物民俗性格。谈新宾的东北菜——“东北菜用料并不考究，用的都是常见的原料，做出的菜原汁原味，体现充足的乡土情怀。精致也许不是它的长处，质朴却是它至上的追求。它的最大特点是少装饰，忌琐屑，朴素、单纯、简洁，尽量少用作料和辅料，凸显原料的真质。中国菜系中用料讲究的，制作精细的，色香俱全的，造型精美的，是主流趋向，大都源于南方各菜系，粤菜、淮扬菜、潮州菜、闽菜都是，而晋、陕、陇右诸地，特别是东北，风格与之迥异，崇尚的是简约单纯，大气磅礴。”作为东北人，看得我喜出望外。

《觅食记》写美食，更写人间情义。《一碗杂碎汤等了三代人》，题目确实有点“耸人听闻”。谢先生说的是新疆乌鲁木齐的杂碎汤，让他记住了三十年而不得的故事。他应邀到新疆访问，赴邀请者陈柏中先生家宴途中，见到了一溜排开的新疆美味小吃：“最诱人的是那些卖羊杂碎的摊子，女士们一袭白衣，站在热气腾腾的汤锅前。滚沸的清汤、鲜嫩的羊下水，一碗盛好，外撒脆生生的芫荽和鲜红的西红柿片。”就这碗羊杂碎汤，让谢先生“垂涎欲滴”经久难忘。他难忘的不是味道，他还没有尝过。他难忘的是：“这么洁净的食肆，这么鲜美的、色味俱全的杂碎汤，我在内地从未见过。我看得呆了，竟移不动脚步。我央告说，我想吃一碗再走。”主人担心一碗杂碎汤下肚失了胃口，劝慰说：“新疆有的是这样的杂碎汤，到了喀什我请你。”到了喀什却没有一家羊杂碎汤。客人临上飞机时，主人说：“一定再来，我请你吃杂碎汤！”十年过去，陈柏中退休，女儿出嫁，女婿是诗人沈苇，陈柏中便将“未竟的事业”交给了沈苇，但此事依然未果；沈苇也有了女儿，便把依然“未竟的事业”交给了他的下一代。这便是“一碗杂碎汤等了三代人”的含义。因此，与其说谢先生写他念念不忘的羊杂碎汤，毋宁说他在写与陈柏中先生一家三代人的情谊。元好问写男女情感极致：“问世间情为何物，直教生死相许。”谢先生写与美食的情感极致：“问羊杂碎汤为何物，直教我等了三代人。”《觅食记》篇篇都写得好，但这篇《一碗杂碎汤等了三代人》是上品无疑。

读《觅食记》，深感谢先生对美食的态度：往大了说，“民以食为天”，谢先生是一个唯物主义者，是一个“经济基础决定上层建筑”的信奉者；往小了说，谢先生品鉴即文心，觅食如作文，情义即为人。所谓“文心”，就是以文映心，以心作文；谢先生品鉴美食的专注、认真，与作文无二致。由是，谢先生一生并非只做了一件事，除了专治现代新诗，他还认真地“吃”过厅堂或坊间诸多美食。

中国古代文人雅士有著述美食的传统。南宋林洪的《山家清供》和清代袁枚的《随园食单》较为有名。袁枚是大学者大才子,《随园食单》也奠定了他一代美食家的地位。书中系统介绍了当时流行的菜肴点心，是中国古典烹调著作集大成者。全书分为须知单、戒单、海鲜单、江鲜单、特牲单、杂牲单、羽族单、水族有鳞单、水族无鳞单、杂素单、小菜单、点心单、饭粥单和菜酒单等；在须知单中提出了全面严格的二十个操作要求，在戒单中提出了十四个注意事项。书中用大量的篇幅详细地记述了我国从14世纪至18世纪中流行的三百二十六种南北菜肴饭点，也介绍了当时的美酒名茶，从选料到品尝都有所叙及。袁枚推崇的美食，如今仍然广受追捧。如果说《随园食单》比较复杂，属于“高大上”的话，那么南宋林洪的《山家清供》则要通俗得多。书名《山家清供》，意为乡居粗茶淡饭，反映了作者提倡素食、注重食材本味的意图。用料简朴，做法讲究，著名者有“蟹酿橙”“东坡豆腐”等。谢先生更多接续的还是林洪的《山家清供》的传统。因此，谢先生是大学者，但他更有人间情怀。文如其人，食如其人。专注、认真，不辜负所有的美食，这也是大俗大雅有情有义人间之大美吧。

原载《光明日报》2022年1月26日

散文困境中的一座丰碑

——评王充间的散文创作

进入21世纪以后，文学革命的浪潮已经平息。那些摇旗呐喊激动人心的文学革命场景，在历史的布景上逐渐暗淡并最后消失了。对于文学来说，这似乎是一个令人感伤的时代，习惯于革命的我们似乎再也找不出革命的口号、话语甚至理由，平静的日常生活使文学永远失去了往日"红色革命"的激情和理想，庸常，已经是当下文学可以概括出的最普遍的特征。于是，文学的边缘地位不再是文人夸大其词的自我凭吊，它最确切的地位是已经被人遗忘，只不过还没有彻底。但是，当我们有愿望检讨这一判断的出发点的时候，就会发现这一抱怨背后所隐含的真正没落，或者说，当文学生产的实践条件发生变化和文学接受多样性即将成为可能的时候，我们却依然站在过去的经验和立场上去期待、要求已经发生变化了的文学生产和接受环境，而不愿意或者没有能力对这新的文学实践条件做出有力的阐释。常见的批判和指责几乎同出一辙，那就是商业化、消费主义霸权和精神处境的日益恶化。但是，这并不是事情的全部。商业文化是社会转型必然要出现的一种文化现象，而且逐渐演变为文化消费的主流。对这一现象简单的不屑或斥责是没有意义的。既然它是商业和市场行为，它的存亡就应由市场的方式去解决。知识分子可以以精英的立场去批判，但它的无可阻止已经从一个方面证明了这一批判的有效程度。

另一方面，在市场文化的覆盖下，"经典写作"或严肃写作从来也没有终止过。学院教育和严肃评论刊物所研究和讨论的对象，基本上还是在这个范畴内展开。一个矛盾的现象是，惯常看到的对文学整体性的否定，一落实到具体作品中的时候，评价的态度和情感是截然不同的。为什么对具体作品评价较高而对文学整体性的评价很低？整体性的评价应该是建立在对具体作品评价基础上的。如果有很多好的作品，那么，文学的整体悲剧就不应该发生。

事实上，只要我们耐心地深入到具体的作家作品中，就会发现，即便在这个红尘滚滚的时代，真正优秀的作品依然在顽强地生长，它们不再“抢眼”和轰动，是因为“文化闹市”对风头的热衷和对利益的维护，当然也与当下的阅读趣味不无关系。而文学批评有义务识别那些真正优秀的作家作品，有义务对作家在精神领域的持久叩问和在新的时代环境下做出的文学贡献给予彰显和支持，这也是维护文学最后尊严的必需。散文家王充闾就是我们这个时代最优秀的作家之一。他大量的散文创作不仅证实着作家处乱不惊依然故我的处世哲学，在纷乱如云的文化时代对文化传统和现实问题处理的镇定和成熟；同时，也在他关注的文学和文化命题中显示着他纯粹的审美趣味和一个现代知识分子的精神修养。他的散文可以概括在文化散文的范畴之中，但是，他在作品中所达到的历史深度和情感深度，他的散文所散发出的文学魅力、给我们带来的崭新阅读经验，使我们有理由对文学的信念坚定不移。

一、心灵净土与唯美主义

王充闾首先是一个有良好传统文化修养的学者，他曾读过私塾，也接受过现代学院教育。他对古代经典作品的熟知程度，给每一个接触过他或读过他作品的人都留下了深刻的印象；但他更是一个现代知识分子，他所具有的“现代意识”才有可能使他对熟知的传统文化和自身的存在有反省、检讨、坚持和发扬的愿望与能力；而他的文学天赋为他要表达的思想又赋予了大音希声的形式和幽谷流云的飘逸。他有过教师、编辑乃至高官的丰富人生阅历，足迹曾遍及华夏欧美，遍访先贤胜地。这些得天独厚的条件在王充闾这里汇集为不断奔涌的文学源泉。他的深厚和独特，使他在二十多年来散文创作整体格局中，不在潮流之中却在潮头之上。

王充闾初期的散文多与山水游记相关。这一传统题材，古代文人的名篇佳作不胜枚举。越是来历悠久的题材越是难写。那些闲情逸致、借景抒情或辞官之后的独善其身寄情山水等，在这类散文中已沦为陈词滥调。王充闾是最熟悉这一文体的作家，但他在创作这类散文时却努力超越了传统文人的情趣。在他的散文中，一种现代知识分子的唯美主义倾向，不仅体现在他对书写对象的选择上，同时也表现在他的修辞和表达方式上。他的游记名篇《清风白水》《春宽梦窄》《读三峡》《山不在高》《祁连雪》《天上黄昏》《情注河汾》《神话的失踪》等，既有名满天下的名山大川风光胜地，也有僻陋孤山和闲情偶记。在这些散文中，他不只是状写风光的俊美旖旎或威严沧桑，而是更多地和个体心灵建立起联系。在红尘十丈的闹市喧嚣中，只有这些已“成追忆”的风光美景，才能让他心静如水并幻化为一片净土。或者说作家对这些纯净之地的心向往之，背后隐含的恰恰是他对纷乱世界和名利欲望的厌恶和不屑。一个作家书写的对象就是他关注和向往的对象。王充闾在写这些文章的时候，正是他“跌入宦海”“误落尘网”的时候，但他似乎没有“千古文人侠客梦”，兼济天下为万世开太平的勃勃雄心。他似乎总是心有旁骛志不在此。传统文论强调文乃“经国之大业，不朽之盛事”。但这里讲的是文章之学，而非文学之学。在曹丕看来，文章要以国家社稷为重，否则就是雕虫小技。但文学并不一定或者有能力担当如此重负。文学更多的还是与个人体验、禀赋、情怀、趣味相关。它要处理的是人类的精神事务，它的作用是渐进、缓慢地浸润世道人心。王充闾的风光游记从一个方面体现了他在那一时代对文学的理解，也似乎从一个方面佐证了他对淡泊和宁静的情有独钟。因此，这些作品我们可以理解为是作家对栖息心灵净土的一种寻找，当然也是一种不得已而为之的临时性策略。

我们注意到，王充闾在状写这些对象的时候，以诗入景是他常用的艺术手法。这既与他的修养有关，也与他的情怀有关。但他以诗入景或以诗入画（风景如画），不是抒思古之幽情，发逝者之感慨，而是情景交融自然天成，无斧凿痕迹和迂腐气。这种手法超越的是“诗骚传统”，而凸显的则是书卷气息。如《清风白水》是写九寨沟的游记，他起文便谈诗词，以“豪放”“婉约”形容风景的别样风格。泰山威严西湖如娥，但在王充闾的视野里，九寨沟似乎与豪放婉约无关，它是“少男少女般的活泼、烂漫、清风白水，一片童真”。文章切入于名词佳句，却又与词义无关，豪放婉约在这里仅仅成了他的一种参照和比较。《春宽梦窄》

起句就是“八千里路云和月”，磅礴气势与飞秦岭越关山奔向西域的漫漫长途和心中激荡的豪情相得益彰。库尔勒作为古代边地，不能不使作家遥想当年，于是南宋词人姜夔咏叹金兵压境、合肥几近边城的词句“绿杨巷陌秋风起，边城一片离索”等句便油然而生。在《青天一缕霞》中，由呼兰河而萧红，由萧红联想到聂绀弩诗“何人绘得萧红影，望断青天一缕霞”。这样的表现手法在王充闾的游记散文中几乎随处可见。但这些借用却使文章充满了浓烈的书卷气息，强烈地表现了作家对“美文”的追求和唯美主义的美学倾向。当然，“美文”不只是作家对修辞的讲求，更重要的是作家在文中体现出的情怀和趣味。即便是借用古典诗词，以诗词入文，王充闾整体表达出的风格是静穆幽远。他不偏婉约爱豪放，兼收并蓄为我所用，中和之风文如其人。行文儒雅内敛而不事张扬，他孜孜以求的不倦和坚韧，展示的是宠辱不惊镇定自若的风范和情怀。他对湖光山色的情趣，不是相忘于江湖的了却，而是对“天生丽质”纯净之地发自内心的一种亲和。

二、凝望历史的现代眼光

对于中国作家来说，历史是一个永远令人感兴趣又永远说不尽的领域。这当然与中国源远流长的文化传统有关。无论人生或治国，历史作为一面镜子，对于中国知识分子来说，总是试图在窥见历史的同时能照亮未来的道路。大概也正是出于这样的原因，进入20世纪90年代以后，所谓文化历史散文脱颖而出，在散文的困境中拓展出一条宽广大道。但同样是文化散文或历史散文，它们背后隐含的诉求是大异其趣的。我对那种动辄民族国家潸然泪下的单调煽情向来不以为然。但对王充闾在他的文化历史散文中所表达的那种检讨、反省和有所皈依的诚实体会，则深怀信任。

一般说来，经过五四运动，特别是经过现代知识分子的身份革命之后，现代知识分子似乎就不存在困惑和犹疑，作为“现代”的产物，经过科学理性和民主文化的洗礼之后，他们的人生道路似乎是“自明”的。但事情远远没有这样简单。即便经过了五四运动和身份革命，甚至进入90

年代，知识分子经历了二次身份革命之后，他们内心的矛盾、犹疑并没有也不可能彻底根除。90年代曾有过出版陈寅恪、吴宓等现代学术大师著作和相关著作的热潮。这一热潮背后隐含了一种述说或指认：知识分子的道路已经解决了，这就是陈寅恪的道路。事实上，知识分子的去留取舍并没有也不可能彻底解决。尽管时代环境发生了革命性的变化，但是中国文化传统的巨大力量仍然在产生着巨大的作用。在“进与退”、“居与处”、“兼济天下”和“独善其身”的问题上，这个阶层的矛盾心态仍然在持久地延宕着。但在王充闾的散文中，他不是以价值的尺度评价从政或为文，而是从人性的角度对不同的对象做出了拒绝或认同。

就个人兴趣而言，王充闾似乎更钟情于淡泊宁静的精神生活。这不仅可以在他的创作自述《渴望超越》和明志式的散文《收拾雄心归淡泊》《从容品味》《华发回头认本根》中得到证实，而且在他以历史人物为题材的创作中表达得更为明确。他有一篇重要的作品：《用破一生心》。文章以曾国藩为对象，对曾的一生以简约却准确的笔墨予以概括。这位“晚清中兴第一名臣”的一生历来褒贬不一。但在王充闾看来，“这位曾公似乎并不像某些人说的那样可亲、可敬，倒是十足的可怜。他的生命乐章太不浏亮，在那淡漠的身影后面，除了一具猥猥琐琐、畏畏缩缩的躯壳之外，看不到一丝生命的活力、灵魂的光彩。——人们不禁要问上一句：活得那么苦，那么累，值得吗？”按说，曾国藩既通过“登龙入室，建立赫赫战功”实现了出人头地；又“通过内省功夫，跻身圣贤之域”实现了名垂万世。他不仅是清朝汉族大臣中功勋、权势、地位无出其右者，而且在学术造诣上的精深也“冠冕一代”。也难怪有人对这“古今完人”的推崇和尊崇。但是，在曾国藩辉煌灿烂的人生背后，却掩埋着鲜为人知的另一面。他不仅官场上战战兢兢如履薄冰，就是与夫人私房玩笑也要检讨“闺房失敬”。如此分裂的人格在王充闾的笔下被揭示得淋漓尽致。更重要的可能还是曾氏言行、表里的分裂和对人生目标期待的问题。虚伪和不真实构成了曾氏人生的另一个方面，而一个“苦”字则最深刻地概括了“中堂大人”的一生：“他的灵魂是破碎的，心理是矛盾的，他的忍辱包羞、屈心抑志，俯首甘为荒淫君主、阴险太后的忠顺奴才，并非缘于什么衷心的信仰，也不是寄希望于来生，而是为了实现现实人生中的一种欲望。”文中对曾氏的人生道路的选择和分裂的性格充满了不屑，但也充满了同情，他不是简单地批判和否定，同时也对人的历史局限性给予了充分的理解。他曾分析说：“雄厚而沉重的历史文化积淀，已经为他做好了精巧的设计，给出了一切人生的答案，不可能再作别样的选择。他在读解历史、认知时代的过程中，一天天地被塑造、被结构了，最终成为历史和时代的制成品。于是，他本人也就像历史和时代那样复杂，那样诡谲，那样充满了悖论。这样一来，他也就作为父、祖辈道德观念的‘人质’，作为封建祭坛上的牺牲，彻底告别了自由，付出了自我，失去了自身固有的活力，再也无法摆脱其悲剧性的人生命运。”(《用破一生心》)

大概也正是出于对身不由己悲剧性的超越愿望，王充闾对“淡泊”的境界心向往之。曾氏也曾向往，对“名心太切，俗见太重”有过检讨，也曾欣赏苏东坡的淡泊。但在王充闾看来，他只是“止于欣赏而已”。真正的淡泊，“是一种哲学，一种生存方式，也是一种审美文化。它的内涵十分丰富，大体上涵盖了平淡、冲淡、素淡和散淡等多方面的意蕴，反映出一个人内在的胸襟与外在的风貌，但集中地表现为一种人生境界，精神涵养”(《收拾雄心归淡泊》)。

这种淡泊在王充闾这里，集中体现在他对人生审美化的理解和向往上。同是写历史人物的作品,《终古凝眉》对易安居士的情感却截然不同:“斜阳影里，八咏楼头。站在她长身玉立、瘦影茕独的雕像前，我久久地、久久地凝望着，沉思着。似乎渐渐地领悟了，或者说捕捉到了她那饱蕴着凄清之美的喷珠漱玉的词章的神髓。”这似乎是与易安居士在遥想中的有幸遭逢，是一次向一代词人致敬的肃穆仪式，是一次现实与历史的悄然对话。文字对易安居士的景仰和感佩溢于言表，在追忆李清照悲凉愁苦一生的时候，作家充满了同情和悲悯。词人的生活尤其是情感生活多有不幸，不幸的生活却成就了她千古绝唱的《漱玉词》。面对放射着凄清之美的词人和作品，作家无限感慨:“一个灵魂渴望自由、时刻寻求从现实中解脱的才人，她将到哪里去讨生活呢？恐怕是唯有诗文了。我们虽然并不十分了解易安居士幽居杭州、金华一带长达二十余载的晚年生活，但有一点可以断定，就是她必定全身心地投入到诗文中去。那是一种翱翔于主观心境的逍遥游，一种简单自足、凄清落寞的生活方式，但又必然是体现着尊严、自在，充满了意义追寻，萦绕着一种由传统文化和贵族式气质所营造的典雅气氛。”对这种审美化的人生是只可想象而不能经验的，但王充闾着意表达的，不仅是词人因社会、家庭等外在原因造成的多艰多难的一生，同时也揭示了她与生俱来的性格禀赋、深植于心灵的悲苦气质和孤芳自赏的内在的悲剧性格。

在这个意义上，《一夜芳邻》表达了作家相似的情感取向。勃朗特三姐妹的才华蜚声世界文坛，她们的作品已经成为文学经典的一部分。但她们都英年早逝，最长的也只活了39岁。作家有机会到三姐妹多年生活的哈沃斯访问，参观了三姐妹纪念馆。面对三姐妹的故居和纪念馆，作家触景生情、睹物思人、夜不成寐。于是走在三姐妹曾经走过的石径上，作家的想象闪现为夜色如梦般的幻影：“在凄清的夜色里，如果凯瑟琳的幽灵确是返回了呼啸山庄，古代中国诗人哀吟的‘魂来枫林清，魄返关塞黑’果真化为现实，那么，这寂寂山村也不至于独由这几支昏黄的灯盏来撑持暗夜的荒凉了。噢，透过临风摇曳的劲树柔枝，朦胧中仿佛看到窗上映出了几重身影——或许三姐妹正握着纤细的羽毛笔在伏案疾书哩，甚至还产生了幻听，似乎一声声轻微的咳嗽从楼上断续传来。霎时，心头漾起一脉矜怜之情和深深的敬意。”三姐妹的生活贫病交加，寂寞凄苦。她们离群索居，却早早和艺术结下了不解之缘。在牧师父亲的教育影响下有了敏锐的艺术感受力和表现力。她们创作了不朽的作品，更重要的是她们都有一颗金子般闪亮的心。作家动情地写道:“在一个个寂寞的白天和不眠之夜，她们挺着病痛，伴着孤独，咀嚼着回忆与憧憬的凄清、隽永。她们傲骨嶙峋地冷对着权势，极端憎恶上流社会的虚伪与残暴；而内心里却炽燃着盈盈爱意与似水柔情，深深地同情着一切不幸的人。”如果说易安居士的性格是内敛的，更关注个人内心的体验，那么，三姐妹的心灵则是开放的，她们把同情和爱更多地给予了并没有太多直接经验的不幸的人们。这种高贵的内心洋溢着宗教般的温暖和撼人心魄的诗意。对这些经典作家灵魂的旁白或独语，其实也是作家自己生命感悟或心灵体验的自述。他曾有过这样的自我诠释:“所谓生命体验与心灵体验，依我看，是指人在自觉或不自觉的特定情况下，处于某种典型的、不可解脱和改变的境遇之中，以至达到极致状态，使自身为其所化、所创造的一种独特的生命历程与情感经历。它的内涵极为丰富，而且有巨大的涵盖性。它主要是指写作者自身而言，也包括作家对于关照对象在精神层面上的心灵体

验，包括读者在阅读过程中的实际体验。因为文学创作说到底是生命的转换、灵魂的对接、精神的契合。”(《渴望超越》)

这些作品对人生感悟所表达出的人性和情感深度，是王充闾散文最动人的一部分。这与书写的对象是女性作家有关，这倒不是说对女性的书写尤其能够表现出男性作家的情感投入或怜香惜玉的姿态，而是说，同是内心和情感丰富的族类，作家特别容易融入并且将自己对象化。在交织着情感和理性的表达中，既入乎其内，又出乎其外。在历史隧道中对历史人物的想象和相遇，作家个人的情感体验和美学趣味获得了检视。如果说这类作品还是建立在个人兴趣或偏爱范畴内的话，那么，他的另一类历史散文则表达了他对历史重大事件的史家眼光和以文学的方式处理重大题材的能力。《土囊吟》《文明的征服》《叩问沧桑》《黍离》《麦秀》等作品，是对曾经沧桑的久远历史的再度审视，是对文明与代价的再度追问。对陈桥崖海、邯郸古道、魏晋故城、金元铁骑等的追忆中，在社会动乱、朝代更迭、诸家云起、狼烟烽火的争斗和取代过程中，辨析了历史与文明的发展规律，识别了文明在历史进程中的特殊价值和意义。特别是《土囊吟》和《文明的征服》，对一个强大和强悍民族统治失败的分析，不仅重现了历史教训，而且在当今全球化的语境中，它的现实意义尤为重大。一种文明无论出于主动的对另一种文明的向往，还是处于被动的无奈的被吞噬，都意味着一个民族的解体或破产。文明的隐形规约和凝聚力是看不见的，但它又无处不在。这些作品，在真实的史实基础上，重在理性分析，在史传中发掘出与当下相关的重大意义。它显示了作家凝望历史的现代眼光和以文学的视角掌控、表现历史的非凡功力，它的宏观性和纵横捭阖的游刃有余，也从一个方面显示了作家丰富扎实的历史学修养和举重若轻的文学表现力。

三、精神还乡和灵魂归宿

不断地回望来路，探索和拓展写作领域，在表达个人情怀的同时，深入地展现人的心灵风貌并探寻人的精神归宿，从外观（外部世界）、远观（中外历史）到内观（心灵世界）构成了王充闾已经实现的创作历程。文学可以以个人化的方式处理历史和现实题材，那些已然发生的事件、人物和见闻应该是作家表达的对象，在这些题材的创作中，体现了作家的史识、修养、趣味和胸襟。应该说对已然事物的把握相对容易些，而对未然事物的把握就困难得多。特别是在社会转型、价值失范、方位不明的精神漂流时代，如何寻找精神家园和归宿，如何寻找灵魂的栖息地，不仅是我们共同面对的时代命题，同时也应该是作家焦虑探讨的核心领域。文学最终要处理人的精神和灵魂事务，它有义务回答人类的精神难题。这可能是我们面对的永远的困惑，但王充闾在可能范畴内的追问，有价值的探讨，却为这个难题提供了可贵的参照和可能。

我们注意到，王充闾在探讨这一领域问题的时候，并没有从一个庞大的乌托邦框架出发，并没有提供一个普世性、终极的精神宿地，而是以相当个人化的方式，实现了他个人的精神还乡。这个精神故地，既是他亲历生长的地方，也是一个遥远但却日益清晰的梦乡。王充闾有一本散文集，他将其命名为《何处是归程》。这个命名隐含了一种沧桑、悲凉和困顿，同时也隐含了一种叩问和探寻的坚忍。书前有两首七绝题记诗。其一：“世间无缆系流光，今古词人引憾长。且赏飞花存碎影，勉从腕底感苍凉。”其二：“生涯旅寄等飘蓬，浮世嚣烦百感增。为雨为晴浑不觉，小窗心语觅归程。”诗中确有对人生短暂苍凉的慨叹和难以名状的悲剧意识，但这种悲剧并不仅仅源于“无缆系流光”的无奈，它更来自诗人对“浮世嚣烦”，世人对功名利禄的争斗或倾轧。特别是诗人“人过中年”之后，似乎就有打点心灵归程的意思了。

当然，无论是对风光的状写还是对历史人物人性的开掘，都不同程度地表达了作家对人生选择的理解和志向，但并没有像晚近作品那样更关注心灵去向的问题。这一写作倾向的偏移，既是作家对切近思考的反映，同时也纵向地联系着他一贯的旨归和意趣，只不过没有像晚近这样突出和明显罢了。特别在他一些“忆旧”式的散文，如《童年的风景》《碗花糕》《青灯有味忆儿时》《华发回头认本根》《灵魂的回归》《乡音》《故园心眼》《思归思归，胡不归》等作品中，抒发的是一种别样的情怀。这是一种给人亲近、质朴、纤尘未染甚至有些“前现代”意味的生活图景。王充闾对故土家园的眷恋和一往情深，与他出身于乡土中国有关，与他深受中国古代文化的熏染有关，但作为一个现代知识分子，更与他经历了官场和世事的“乱云飞渡”有关。纷乱的现实使他心绪难平，这才萌发了“小窗心语觅归程”的心绪。于是，在作家的笔下，童年时节嫂嫂明亮阳光的笑靥，充满民间色彩的玩笑以及来自嫂嫂真心的爱怜、嫂嫂过早去世的痛心疾首（《碗花糕》）；房客靳大叔捉鳖捕鹰的本事和“笑婶”的先天痴憨（《西厢里的房客》）；读私塾时先生讲“找得”的故事和灵机一动的“对句”（《青灯有味忆儿时》）；和私塾先生女儿小好姐的两小无猜私下“关照”的情景和没有实现的婚事（《小好》）等，都成为作家安顿心绪的驿站。但值得注意的是，王充闾与中国现代作家逃离乡村到都市生活遇挫之后，再度追忆乡村生活时将其诗化和圣化的民粹主义立场截然不同。他与当下世相比较时，宁愿重新体验未被污染的乡村的“童年记忆”，那里确实存在着诗意和美好、亲和的人间情怀。但是，王充闾的意义就在于，他在追忆“前现代”生活时，并未将其乌托邦化。他一贯的警醒和自我检视使他获得了另一种自觉，这就是对放大想象的检讨警惕。他曾说：“对于故乡的认识，游子们无一例外地都会夹杂着浓重的感情色彩和想象、向往的成分。原本十分鄙陋的乡园，经过记忆中的漫长岁月的刷新，在离人的遥遥想望中，已经变作温馨的留念与甜美的追怀，化为一种风味独具的亮点，放射出诗意的光芒。在回忆的网筛过滤之下，有一些东西被放大了，又有一些东西被汰除了，留下的是一切美好的追怀，而把种种辛酸、苦难和斑驳的泪痕统统漏出。”(《还乡》) 这种敢于面对心灵诚实体会的表白，亦道出了“怀乡情结”相伴相生的问题。

但王充闾的这一努力的价值就在于，在这个困顿迷茫心灵家园成为问题的时候，他表现出了执意追寻的勇气，表现出了对“现代性”两面性认识的自觉。当然,“精神还乡”仅仅是一个表意符号，没有人会认为王充闾要退回到“前现代”或乡村牧歌时代。那个只可想象而不可重临的乡村乌托邦，在王充闾的反省中已经解决。他的这一追求背后隐含的是他对精神困境的焦虑和突围的强烈愿望。在物质世界得到了空前发展的时代，在世俗生活的合法性得到了确立之后，人如何解决心灵归属的问题便日益迫切。王充闾只不过以“精神还乡”的方式，表达了他解决精神归属的意愿而不是最后的答案。重要的是，对不同领域写作的开拓，一方面显示了王充闾开放的心态，他愿意并试图在不同的领地一试身手，将“关己”的灵魂问题提出；另一方面，也展示了他在创作上“螺旋式”前进的步履。他没有将自己限定在所谓的“风格”领域，一条道走到黑，而总是在学习和积累的过程中别有新声。这个现象是尤为引人注目的。这时，我想起了他最近的一篇命名为《驯心》的文章。文中对传统文化对知识分子的驯化，或福柯所说的“规训”，做了极为精辟的分析。传统文化对士人的驯心，在于让这个阶层的价值尺度永远停留在一个方位和目标上，在于让他们永远失去独立的思考能力和特立独行的人格风范。就像“熬鹰”一样，让志在千里的雄鹰乖乖就范。王充闾曾在官场，也生活于世界即商场的时代，但他仍然没有被“驯心”。他独立的思想和情怀，在温和从容的书写中恰恰表现出了一种铮铮傲骨，在貌似散淡的述说中坚持了一种文化信念。这是王充闾散文获得普遍赞誉最重要的原因，也是他能在散文的困境中矗立起一座丰碑的真正原因。

我和充闾先生只有一面之缘，是在辽大一位博士毕业生的论文答辩会上。充闾先生对古代文献材料的熟悉，让我感到极大的震撼和敬佩。这一面之缘印象之深刻几乎不能忘记。你可以把他理解为一位学富五车的教授，或是一位温文尔雅的长者，就是难以和位高权重的高官联系起来。

读了他不断求索、独步文坛的大量散文创作之后，我多少迷惑的心终于豁然：正是他这样的人，才会有这样的文章。这就是“文如其人”。

原载《当代作家评论》2004年第2期

传统文化与当代性

——评王充闾的散文集《国粹：人文传承书》

王充闾是当下重要的散文大家。他皇皇二十余卷文集，以其正大的面貌、浩瀚的雄姿、淡然的笔触和云卷云舒的万千气象，展示了丰赡、多样的散文创作成就。他曾有多种社会角色，但本质上还是一位学者和作家。他书写日常生活的片段感受，抒写清风白水的恬淡情怀，他的文字里有仙风道骨也有人间冷暖；但他更沉迷的，似乎还是几千年来的华夏本土文化历史，这些文字里有一个民族的精神血脉，有人文世界的日月星辰和江山万里。最近，北京大学出版社出版了他的一部主题性的散文集——《国粹：人文传承书》，精选了他与“国粹”有关的散文作品，让我们有机会集中领略了王充闾与“国粹”的对话、思考和文学表达。这种对话、思考，就是王充闾与“国粹”的当代性关系。

可以说，在当代作家中，就国学修养而言，很难有人可以和王充闾比较。他不仅是位学问家，重要的是他站在当代对“国粹”的理解和阐发。所谓“人文传承”，就是在这种理解和阐发中实现的。这是对文化传统的延展更是丰富，是继承更是激活。当然，自五四新文化运动始，对“国粹”的争论至今没有终结。即便是士阶层——传统或现代知识分子内部，关于居与处、进与退、道统与政统的矛盾和选择，也并没有完全解决，更遑论面对整个浩大而庞杂的传统文化了。因此，如何指认“国粹”、如何评价“国粹”，不仅是“文化权力”，更是一个知识分子的文化担当。

我注意到，王充闾在传承、阐发“国粹”的时候，有一种明确的文化自觉。文化自觉，是费孝通1997年提出的。费先生认为，所谓文化自觉，是指生活在一定文化历史圈子的人对其文化有自知之明，并对其发展历程和未来有充分的认识。换言之，是文化的自我觉醒，自我反省，自我创建。费先生说，文化自觉是一个艰难的过程，只有在认识自己的文化，理解并接触到多种文化的基建上，才有条件在这个正在形成的多元文化的世界里确立自己的位置，然后经过自主的适应，和其他文化一起取长补短，共同建立一个有共同认可的基本秩序和一套多种文化都能和平共处、各抒所长、联手发展的原则。

王充闾的文化自觉，一是在于他读史的方法。他认为读史主要是读人，而读人重在通心。读史通心，才有可能“进入历史传统深处，直抵古人心源，进行生命与生命的对话”。而“历史传统是精神的活动，精神活动永远是当下的，绝不是死掉了的过去”。二是他强调感同身受，理解前人。他援引法国年鉴学派史学家马克·布洛赫在《历史学家的技艺》中的话说——“理解历史才是历史研究的指路明灯”。三是不仅读人通心，而且要对“作史者进行体察，注意研索其作史心迹，探其隐衷，察其原委”，等等。要同“国粹”对话，首先是对“国粹”的基本态度。王充闾面对文化传统的这种自觉，是他能够写出篇幅浩瀚的历史散文的前提和“秘诀”。

本书凡四章，分别是“祖先：人生命脉”“人文：生命符号”“河山：文明大地”“传统：生活智慧”。开篇讲的就是“祖先：人生命脉”。先后对轩辕黄帝开创的人间乐园，对孔子、墨子、庄子、孟子、秦始皇、松赞干布、文成公主、李白、苏东坡、宋徽宗赵佶、秦良玉、纳兰性德、袁枚、曾国藩等，或是传说，或是诸子百家，或是帝王，或是重臣，或是文人墨客的书写。一方面，这些人物几乎构成了几千年的华夏历史，轩辕黄帝创造了人世间的乐园，诸子百家奠定了中国文化的元话语，帝王重臣的丰功伟业、文人墨客的锦绣文章等，有了他们，我们的文明史才会如此璀璨、光耀人间；另一方面，作家也践行了他“事是风云人是月”的历史观和文学观，书写历史主要还是写人。但无论写哪些人、做怎样的评价，都隐含着作家对历史、对人生况味的理解。那篇《道家智者》最为典型。他用算数的方式比喻三种人物，即做加法的一类人，做减法的一类人和加法、减法混合用的一类人。儒家、墨家是做加法的，孔子、墨子率先垂范，诸葛亮鞠躬尽瘁死而后已，都是典范；也有先做加法后做减法的，如春秋时代的范蠡，汉代的张良，明代的刘伯温、杨升庵，清代的袁枚以及勉强算一个的曾国藩等都是；而终生都做减法的，就是庄子。庄子终生不仕，以快心适志。庄子生活上自甘清苦，心态上化苦为乐，思想上崇尚自由。庄子的思想多为文人崇尚，那的确是人生理想的境界。但是，人大概也是越缺乏什么就越凸显和想象什么。庄子的境界大概是最难实现的，才为历代文人所向往吧。

“人文：生命符号”，写贺兰山岩画、《周易》、竹林七贤、古诗词、楹联、姓氏、座次等，这里的内容既有实物，也有文字，既有文人骚客的华章丽卷，也有日常生活的观念习俗。这些符号是“中国人的根脉，也是中国人特有的引以为荣的生命符号。它滋养着我们的心灵世界，激发我们的生活勇气，是中华民族一代又一代生存下去的底气”。这些符号是只有中国才具有的符号，它支配着我们的生活和情感。《座次格局》中的情形我们时常经历，我们知道这里是有讲究、有学问的。但古今“座次”的含义，可能大不相同。作家讲述了“鸿门宴”的座次，里面是“玄机”;《史记》中，《陈丞相世家》讲的是“以示敬重”;《淮阴侯列传》讲的是谦恭；而《南越列传》讲的则是尊卑了。古代中国讲求“礼”，“座次”是“礼”的范畴。所谓“礼仪之邦”，“座次”是具体体现的一个方面。这个“礼”，和后来费孝通先生在《乡土中国》中讲的“差序格局”应该有相近的意思吧。当然，王充闾在这里显然不只是讲述一个历史知识。他的用意还是对当下说话。他援引了一则消息：一次大会，服务员在收拾主席台桌面时，不慎把一把手左右两侧座位的标示牌给弄颠倒了。结果是，没等班子成员入席落座，会场上的人们就窃窃私语，乱哄哄搅成一团。会后办公室主任还挨了批评写了检讨。大、中学校庆活动与会校友的座次，也都按职级、身份、地位排列。但2012年南京大学庆祝建校一百一十周年时，破例实行了"序齿不序爵"，"银发校友"在前排就座，主持人介绍嘉宾也是先介绍两位最年长的老校友，社会各界普遍好评。长幼亦是尊卑。所以，王充闾历史散文的当代性，亦体现在他对当代事物的批判精神。他不只是学者，同时也是一位有当代价值立场的知识分子。

"河山：文明大地"和"传统：生活智慧"，一写人文地理，一写生活观念。写人文地理，不是触景生情、借景抒情，而是将空间与时间交错起来，时间是历史，空间是存在。空间未变时间在变，时间变了，空间的文化与审美存在也在变化。这种纵横交错的联想、想象，使同一景观发生了奇妙的变化。于是——便有了属于王充闾的三峡、皖南、同里、退思园、周庄、晋北、凉山、库尔勒等。对人文地理的书写，历史文化仍是主线；写生活智慧，写孟母、地域文化、隐士、世袭嫡传、爱情、科举等，这些与生活相关的人与事，告知我们的，是生活观念大于思想观念。思想观念处于不断变化和流动的过程中，但生活观念是恒常或变化缓慢的。在王充闾的叙述中，我们似乎看到了那缓缓流淌的生活河流。

面对浩如烟海的传统文化，摒弃什么、传承什么，还是一个时代的大命题。当下，求新求变几乎无处不在。当然，求新求变，是时代的要求，是一个国家民族发展的要求。但是，求变必须知常，数典不能忘祖。这本来是常识，但常识往往最易忽略，最易不被理解。这时，我们回头看看，放缓一下脚步，有益无害。

祖先崇拜、思想文化、人文地理以及生活哲学等，也是历史学家、思想史家要处理的对象。那么，王充闾的文化历史散文为什么还有独特的价值，这就是王充闾散文的文学性。王充闾散文内容的丰富性，与《左传》《史记》《资治通鉴》等中国古代典籍有谱系关系。这些中国古代典籍是华夏文化的元话语。我们可以将其作为历史著作来读，也可以将其作为文学著作来读，当然，那里也蕴含着中国特有的哲学智慧。王充闾的散文继承了这一传统。他的笔下有历史，有中国哲学的智慧，同时也更具文学性。他谈论的是历史的人与事，但常常枝蔓开去，或联想，或抒情，或状物，天上人间信马由缰。既撒得开也收得拢，既鲜活又形象，深得中国传统文章的神韵和做法。他的文字用“庾信文章老更成”形容，是再贴切不过了。读充闾先生的文章，也进一步明白了什么是文如其人。充闾先生为人温文尔雅、和颜悦色，他的修养我辈是无论如何也做不到的，望其项背也难；他的文章给人的感受也不是大开大合，醍醐灌顶，而是如涓涓细流，沁人心脾。我们在他娓娓道来中润物无声地受到感染和滋养，他的知识储备、讲述方式以及面对历史的理解、同情和会心，都给我们通透、明了的启发。王充闾先生就是这个时代融汇古今、学贯中西的大学者和散文家。

原载《光明日报》2017 年 10 月 10 日

在地缘与历史的纵深处

——读张承志的散文

在文学界，无论是热闹还是萧条，张承志总是一个不断被提及的作家。这样的作家在中国几近唯一。张承志之所以一直被一些人关注，是因为在这个时代他重要无比，他是一个不可忽略的存在和参照。他的价值和意义，我们只能用“重大”来评价。这样的表达显然过于空洞，几乎等于没说。事实上，许多批评家都试图接近他，最后几乎都难以如愿。于是，他被称为“张承志难题”。这个难题，最终还是对话关系的艰难——我们与张承志的文化认同、知识背景、个人禀赋、思想能力以及情怀、才华等，都难以构成对等的关系。我们的困窘可想而知。因此，我只能避难就易，具体地评价他几篇著名的散文。

《夏台之恋》，是一篇写于二十多年前、发表距今也已十年的散文。一篇已经过去十年二十年的散文，还一再被提起，它的魅力或价值已被证实。我们知道，张承志是一位不断行走的作家，他走过世界许多地方。而中亚腹地，则是他沉迷甚至沉醉的所在。他一次次地走向那里，也一次次地书写那里，只为那里别样的风光和别样的人们。《夏台之恋》写的是夏台，这个地方我们一无所知。在张承志眼里，这里的自然风光，“组成了天山北麓最美丽的一条风景线”，它是世界最美的地方；而历史上，这里是一条著名通道的起点。而这条冰岭古道却“没有被聪明的知识分子们留意”。然而，张承志热爱、迷恋夏台，更重要的还不是它的自然风光和悠长历史，而是他看到和感受到的夏台人们的生活和日子。这里会聚了东干人、俄罗斯人、乌兹别克人和塔塔尔人等不同族群。在他有限的接触中，他挥之难去的是这样一些人和场景——

女孩子娜嘉15岁就通晓五种语言。“创造她的是夏台的小小社会，和平的，多族属多语言多文化的、美好的夏台社会。”

然后是震撼和征服他的夏台的歌声，那是哈萨克人的歌声：“歌者凝视着松林中穿过的风，凝视着这天山牧场、这家乡、这银发的老母亲和毡房正中的红红篝火；或者，心里想着难以对她启齿的美女。然后他激动了，诉说起来。”

还有那个丈夫是柯尔克孜人的女人家，天山上下了大雨时，张承志被淋得湿透，落汤鸡一般从工地跑进她家时，她迎着喊道：“我的孩子。”

当然，还有雷班长建造的一个半地穴的地窝子。他将他的地窝子挖成了单元住宅。这对生活该有多么热爱才会激发出如此的才华和匠心。这就是夏台。面对夏台的生活和日子，张承志由衷地赞美道：“夏台的美好，夏台的安宁，夏台的和平，不知为什么使人感伤，似乎真有一种无形的巨大神力创造了如此动人的和平，如此美好的夏台。她太美好了，以致人不能不担心，当力量移变时她会不会被破坏和被侵犯。”创造美好的事物不易，但要毁坏它也许就是瞬间的事情。就在那时——

在南部斯拉夫，在亚洲和非洲，只因族别不同人们就在相互残杀。西方导演了一切然后又在布施和平。我命定不能以享受美而告退下阵。我只能一次次拿起笔来，为了我深爱的母国，更为了我追求的正义。夏台形式一刻刻地在我的思想中清晰起来，使我开始意识到：它远远不仅是一个美丽的小地方，它的形式是人们必须遵守的生存的准则。

张承志迷恋和赞美的夏台，就在于它的安宁、和平、丰富和情义。因此，他写的夏台，不是一个观光客、一个旅人的见闻记，不是为了游记的散文。他身在夏台，而目光所及几乎遍及世界。他要捍卫和赞美夏台，就是在捍卫和赞美人类生存的准则。

《冰山之父》，当然也是张承志的散文名篇。文章写于1995年10月。那个时节，中国思想界正在经历着一场空前大裂变，激烈的论争旷日持久。“两间余一卒，荷戟独彷徨”是那时张承志心境的一个方面。作为争论一方的代表性人物，张承志对知识分子的思想状况和日下的世风，做了没有商量的批判，当然他也满身箭羽。然后，他踏上长途向大山投奔。“大自然，以前是向往和憧憬的对象，但今天是逃难的去处。远在围攻还没有兴起时，我就决定：夏天之前，一定要竭力接近雄大的山脉，找到牧人和自然还有清冽的空气，度过这个思想的闰八月。”于是他连续探访了祁连山、天山和帕米尔的冰山。

对风景的认同是一种政治。风景不仅是一种客观的、纯物质形态的存在，也不只是一种自然景观或者传达空间存在的视觉对象；因此，风景在这个意义上也绝不只是一个简单的美学问题。人是主体，风景的选择与个人的文化、身份、趣味、权力等诸多因素密切相关。对风景的体认、想象和书写过程，一定有选择者鲜明的思想文化印痕。于是，自然风景此时便成为一种表达某种思想文化和意识形态诉求的象征符号或媒介。如果是这样的话，张承志在1995年选择游历三座大山，显然意味深长。那时，他曾给友人的信中说：“正如你所说，右的大潮尚在澎湃，左的投机已经开始。这就是中国的知识分子，毫无耻的观念的中国智识阶级。不过我更觉得与之区别的必要。作家中具备区别和分庭抗礼能力的人并没有几个，你应当站出来，得更靠前一些。”张承志那时就站在思想论争的最前沿。他所批判的那些事物或思想，在今天终于愈演愈烈以致酿成大害。

张承志游历了这三座大山。特别是他到帕米尔看到冰山时：“高原之顶的万仞冰雪，会强大地改变人的心情。”而此时他应该是心情大好。但我注意到，他看到这些高山冰川时，并没有大段的抒情。面对这些景物，他那如铁的文风应该是恰逢其时。但他没有。我们看到的动情之处，还是他笔下朴实无华的少数民族边民。他们是裕固人、东干人和塔吉克人。这些长久生活在高山冰川的人们不仅美丽，更是坚忍。他们忍受的是比游牧更辛劳的痛苦，牢牢抓住的却是骄傲与美貌。我还注意到，在去塔合曼乡的路上，文章中有这样一段——

> 一路藏着的任性突然按捺不住。过来的每一步，都像进入帕米尔的山岭，被灼烤得碎裂焦旱。水冲来时，岩石的山一片片翻倒下来，坍塌如泻。我们表情平静，我们忍受失散。他们百无禁忌，我们缄口不言。迎着过于巨大的命题，人会渐渐学会平和，为歧视而害羞，为压迫而叹息。在遭逢危机时，连孩子气的弟弟都成熟了。不仅如此，在诱骗和蓄意的围逼中，我

们竭尽全力，为着古代的情义，掩护颓垮的文明。我们走遍了西域，在一个个异族的部落里学习寻觅，远远地避开了自己。我们冲进东川，在孤单的逝者身边，为母亲和孩子、为女人和亲人、为自己和大家，念完了辛酸的章节。我们分手在乌鲁木齐，兄弟几乎流泪。小伙子们居然会那么眷恋，但我还是走了。就在这样的穷途，就在这样如同逃亡般的道路的终点，我看见了你，你的姓名就是启示，Musu tag Ata，冰山之父。

这段文字于张承志来说重要无比——张承志内心的强大，就在于他不在乎流行观念或知识分子的几个关键词。他见过广袤的亚洲腹地，与黄土高原、河西走廊比较起来，文人的见识实在是过于短浅。而那广袤无垠的冰山大川，恰如英雄——它会让英雄情怀更辽远、胸襟更阔大、眼光更深邃、担当更勇武。但是，这段文字会让我们领会张承志的另一面：他游历冰山大川，他约见亲如兄弟的边民，也是为了让内心更柔软，而不只是一味地战斗。只有内心柔软的人才会知道为什么战斗。

黄河在国人心里，已经不只是一条河流，它被赋予的象征意义与母国同等重要。或者说，在一般的意义上说到黄河，就是在说祖国：黄河的文明史，从某种意义上就是中华文明的发展史。因此，那些吟咏黄河的名篇诗句，在歌颂赞美黄河的同时，也是在吟诵自己的祖国：黄河西来决昆仑，咆哮万里触龙门；黄河落天走东海，万里写入胸怀间；西岳峥嵘何壮哉，黄河如丝天际来；九曲黄河万里沙，浪淘风簸自天涯等等，便是如此。甚至抗战十四年唯一的艺术经典也是《黄河大合唱》。

张承志是一个行走不止的作家，他不止一次写到黄河：《北方的河》、《大河家》以及《大河三景》就是佐证。《北方的河》写黄河给了他父亲般的尊严和慈爱，他得到过它伟大力量的赐予，感受到黄河父亲般的博大和宽广，同时在黄河寻到了他的根；《大河家》写他离国两年之久，“从归国那一瞬起便觉得它们在一声声呼唤。真是呼唤，听不见却感觉得到，在尚未立定脚跟放下行李前，在尚不能马上去看望它们之前，该先在纸上与它们神交”。这是写黄河吗？当然，但那更是写他对母国的思念。母国不是一个抽象的概念，它是具体的。热爱母国也不是一句空谈，它总是与祖国的山河、故乡、父母、亲友等有关。

另一方面，游历高山大河的经验，对一个作家的见识、胸怀、情操等有重要影响。同时那也是一种求知形式。此前，张承志总是在黄河上游游荡，他迷恋甘青两省两岸的风光与风物。而《大河三景》则如黄河一路咆哮，进入了黄河中游地带。这三景便是：壶口、龙门、三门峡。

写壶口，诗文名句比比皆是。大多写壶口的波澜壮阔如狮河吼：烟雾迷蒙壶口边，旋流洪波涛如山。张承志看到的却是“裸露的河床石槽”。他看到了河槽，也看到了亘古时间，看到了那是荒漠水流的作品。重要的是他对黄河也“有了批判的感觉：它的水量竟如此之小！这么一点点水，究竟能有多少文化的耐力——从那一天起我开始若有所思”。这就是大作家的与众不同。他看到的总是别人看不到的。看到龙门的风姿，他想到的是“无声无息之间，胸中积蓄了大河的风姿，在处处津渡，到处都静卧着我的堡垒户”。在三门峡，他敢于正视的恰恰是它“半是干涸的苦相”。但是，这写实的笔触，没有阻止拔地而起的万丈思绪——“巨匠唯有在限制中创造。唯有处在持久的苦难里，才会得到含蓄的丰满。黄河如一个文学大师，唯因环境险恶，才有名作连连，给后世留下阐释的残业，暗自圆缺，如姣好的月色。”

观大河三景，如看其他名山大川一样，张承志都是在陶冶自己的情操和心智，他让自己放浪于高山之巅大河两岸，让凌厉而浩荡的山风、一泻千里的滔滔河水写入胸怀间。

对自己母国的由衷热爱，这是张承志内心的高贵所在。一个作家如果不爱自己的母国，如果一味讲述个人的苦难或不平，便格局已定。如果是这样的作品，我们会扭头便走。

张承志的散文写作，从地域的角度看，大多写于中亚腹地——中国的大西北。他的足迹几乎踏遍了新疆、宁夏、甘肃、青海和内蒙古。他很少写到南方。1994年的端午节，他终于完成了一篇与南方有关的散文，这就是《南国初访》。一个北方人初到南国，巨大的地缘差异，映入眼帘的首先应该是风情风物。比如椰子林、相思树，比如亭台楼阁、鸟语花香等等；产生联想的也应该大多与风花雪月、才子佳人有关。但是，《南国初访》没有一行这样的文字。这当然与作家的关怀有关，与产生这篇作品的时代环境有关。它的开篇是这样一段文字——

二十一世纪将是一个古怪的时代。

豪富和赤贫，餍足和饿死，脑满肠肥和瘦骨嶙峋，艾滋病和饥馑，摩天楼和贫民窟——总之，一切对立和差别，正义和背义，都将在这个隆隆来临的时代并立共存。

时代鞭挞着催人抉择。所以开始心向南转，盼望去看大江大海，看近代的英烈故里。不仅如此，总觉得山雨欲来，已经十分紧急，我该去看看南国，近代的人才及革命的故乡。

1994年，“人文精神大讨论”刚刚展开不久，思想界的刀光剑影在混战中隐约可见。张承志“心向南转”为的是看大江大海英烈故里，为的是看南国“革命的故乡”和“烈士美文”。

一个人书写什么，表明他在关注什么。在海南通什民族博物馆，他看到了一通古代伊斯兰教徒的石刻墓碑，说明牌上注明着：唐代。这个文物普通人可能一闪而过，不会太过注意。但是，在张承志这里，他发现的是——“这是一件注解古代东西交通和海南岛开发的大事。”这当然与他学习历史的专业敏感有关。更重要的是，他疑虑“被物欲大潮裹挟着不问明日的海南人，他们愿意成为遥远的唐宋先民的继承人吗？”因此，张承志对历史的关注更是意在当下。

与海南和湖南有关的具体人物，他谈到了海瑞和屈原。这当然是两个非常不同的人物。海瑞“极其罕见的激烈血性，不是孔孟之道的文化可能孵化出来的。或许连他自己也不知道，虽然他的气质在中国的政治中几乎绝无仅有”；而屈原“楚之贵族，他借楚俗而放歌，把一系列招魂典礼、国事民风都书刻入简。即使生逢战国，在流放中也有车骑女嬃，巫祝随童。他的自疏远流，也许并不是那么苦。也许他只有内心的极度苦楚”。但我们最终看到的，还是一个唯美主义者的决绝，那难道不是屈原的血性吗！于是，在《南国初访》里，我们没有看到南国俏丽的风姿，当然也与风花雪月无关。但是，我们却听到了张承志心中关于南国的轰响，听到了与海瑞、屈原有关的源远流长的中国文化传统的久远回声。

张承志的散文从不同的角度阅读，可以获得不同的体会和评价。多年来，对张承志散文的评论大多集中在它的思想观念或社会认知的价值层面，这固然很重要，甚至可以说，这也是张承志散文成就最重要的一个方面。但另一方面——张承志的思想和价值观是通过什么形式表达出来的，作为文学作品，它文体形式的内结构是一种怎样的形态，同样是非常重要的。张承志从《骑手为什么歌唱母亲》开始，作品一直回响着他的元记忆或元话语。他的与知青有关的小说，与青春有关的小说以及像这篇——《午夜的鞍子》等相近题材的散文，都明确无误地标示着他的元记忆或元话语。所谓元记忆，就是人对自己客体记忆的认识和评价。简单地说，元记忆就是人对自己的记忆过程的认知和控制。它的本质是内记忆，也就是对内部记忆活动的记忆。元记忆是元话语的基础。所谓元话语，是作家用语言最初表达或讲述的内容，是他一直坚持和不曾偏离的话语形式，并在这一形式中构筑了他特殊的文体，负载了他持之以恒的思想和价值观。因此，元话语不只是一个语言学的问题，对作家而言，也是其文体内结构的基本要素，是表明作家情感态度和思想倾向的语言资源。

张承志的散文，因其元记忆和元话语构筑了一种全新的文体。在这个意义上，我们也可以说张承志是一个文体家。他将经过选择的个人经验和间接获得的历史知识，自然地镶嵌于他对当下事物的表达中。通过他关注的经验和历史，彰显他的思想情感和价值立场。这独特的文体形式，是他散文价值和文学性的一部分。《午夜的鞍子》就是一篇这样的散文。在北京令人心惊肉悸的夏夜，他想起了凉爽的草原——

> 包括山峦、营地、一张张熟悉的脸、几匹几头有名有姓的马和牛，都因为思念太过——而不是像别人那样忘得太净——而蒙混如水，闪烁不定了。往事，连同自己那非常值得怀疑是否存在过的19岁，如今是真的遥遥地远了。

草原令人神清气爽，不只因为那里的自然气候。更重要的，那里是青春的见证，是作家思想情感萌芽的原乡。一个马鞍子，一个镶银的马鞍子，他写得极端耐心不厌其烦。这不是作家的琐屑和啰唆，这样的风格不属于张承志。他之所以这样写，是因为鞍子与马有关，与草原有关，与骑手和额吉有关，与草原那别样的人群有关。于是，我们似乎又看到了张承志“骑手为什么歌唱母亲”的元记忆和元话语。就在这平淡无奇的马鞍子中，我们不仅理解了它与骑手重要无比的关系，同时也理解了作家情感深处那绵长不绝的午夜的怀念。

“丝绸之路”的命名，与德国地质学家李希霍芬有关。19世纪末，他在《中国》一书中，把“从公元前114年至公元127年间，中国与中亚、中国与印度间以丝绸贸易为媒介的这条西域交通道路”命名为“丝绸之路”，这一命名很快被学界和大众所接受并使用。在我们的印象里，丝绸之路是欧亚物流和文化交流的斑斓金桥——客栈酒肆商贾云集，马帮驼队络绎不绝。多少世纪，帝国通过丝绸之路向世人夸耀着它的繁荣或霸主地位。于是，与丝绸之路相关的不仅是从事具体贸易的商人以及服务于商人的“第三产业”各色人等，同时还有帝王将相、美酒佳人以及金戈铁马血雨腥风。因此，丝绸之路的兴衰史也可以理解为中国西域社会的发展史或演变史。有趣的是，在历史的讲述或演绎里，丝绸之路成为一个可供想象的无尽空间；同时，演绎也将西域古道塑造为一个扑朔迷离的神秘所在。

张承志是学历史出身的作家，他常年徜徉流连于这个空间里。他完全可以用另一种方式书写闻名于世的丝绸之路。但是，恰恰相反，张承志放弃了思古之幽情，文字内外浸透的是对历史讲述的参悟，是对历史与叙事了然于心的洞若观火。因此，他有意选择了搁置历史而面向现实。他说——

道路、古迹、事实、人生，其实这四者必须循着一个合理的逻辑。古来谬论流传说，秀才不出门全知天下事，其实大谬大错。秀才须出门，才知天下事，唯有两脚沾上泥巴，或能知真实之一二。心懒足疾的酸书呆子，其实什么也不知道。但推开门户扑面有风就够了么？不，还要怀着一些分析的能力。再数一遍：道路、古迹、事实、人生。它们互证互疑，互作逻辑。

面对一片土地如何讲述，背后隐含的是讲述者的价值观和内心关怀。这时，张承志想起了另外一个讲述西域故事的人："斯诺住在那庄子里的时候，他也是选择了现实，放弃了历史。否则——他若是对历史感兴趣，会听到哲合忍耶的凄惨故事么。那个美国人对于今天的美国也是需要'重译'的，今天的美国人正在折磨伊拉克，还有谁为一支褴褛的农民军说话。”再回到命名“丝绸之路”的李希霍芬。他在他的著作中，记述了北中国贫穷的现实，那里森林被毁、水土流失、气候恶劣、交通不便。战乱或叛乱为这块土地带来的是无尽的灾难。作为杰出的学者，李希霍芬当然也难免他的国家意志和立场。我相信张承志比李希霍芬更了解北中国和西域古道。因此他才有可能最后说——“趁这歇息的时辰，我又由北向南地，把这条古道的上下仔细看了一遍。消失在天尽头的烽火台，蜿蜒在山谷处的羊肠道，村子，寺，焦焦的坡地，都没有变。不管我是想着丝绸之道还是想着百姓生计，这天下都没有变。”只因为古路依旧。

原载《励耘学刊》2017 年第 1 期

文人的情怀、趣味与文化信念

——贾平凹散文集《大翮扶风》序

在当代中国作家中，有两副身手，能将小说和散文都写得好的作家有很多。20世纪50年代出生的一拨作家中，史铁生、张炜、韩少功、铁凝、王安忆等就各怀绝技身手不凡，他们的小说和散文几乎是齐名的。但说起他们，人们首先想到的还是小说家，这是小说的地位决定的，散文在今天不是主流文体的看法不管正确与否，是没有被宣告的共识应该大体不谬，这对散文来说是不公平的。话又说回来，面对电视剧等大众文化来说，小说的“委屈”又到哪里诉说呢？一个时代有一个时代的文体风尚，也许正因为如此，才有了先秦散文、汉赋、唐诗、宋词、元曲、明清白话小说、现代白话文学以及影像文化。各领风骚几百年，现如今各领风骚三五年就不错了。但散文肯定是个迷人的文体，不然就不会有这样多的作家写了那么多的散文。散文又是一个最具挑战性的文体。在所有的文体中，散文应该是最古老的之一。从先秦开始至今不衰，男女老幼皆可为之，但文章一出，高下立判。所以散文又是一个非常困难的文体，能写好散文实在不是一件容易的事情。

贾平凹的散文写作几乎是与小说同时开始的，至今仍在被各大出版社争相出版印刷，足见其散文在读者那里受欢迎的程度。在文学界，从孙犁先生开始一直到学院批评家，贾平凹的散文始终是被研究和关注的对象。因此，说贾平凹的散文雅俗共赏虽然是陈词滥调，但绝不是溢美之词。在我看来，贾平凹的散文之所以受到普遍的欢迎，与他散文中流淌或渗透的文化传统有关，而且是偏向于中国文化传统一路。说到“传统”，又是一个大词，“传统”几乎是一个没有可能说清楚的问题。但我非常同意王富仁先生的看法。他认为，我们现在理解的文化传统，应该是中国古代文化、现代文化、西方翻译文化合流或被整合后形成的一种文化，而且这种文化传统一直是变化的而不是恒定不变的。如果是这样的话，说贾平凹的散文流淌或渗透着文化传统就不会有太大疑义了。但这又等于什么也没说，古今中外的文化传统都被贾平凹继承了既没有可能也不是事实。我要说的是，贾平凹散文中流淌或渗透的文化传统，主要是中国古代文化，但那又是经过现代文化和西方近代以来文化熏染影响的一种文化。在贾平凹散文中的具体表现，就是中国文人的情怀、趣味和文化信念。

说到“文人”，历来褒贬不一毁誉参半。当文人被赞美时，是“千古文人侠客梦”“生当作人杰，死亦为鬼雄”，是“琴心剑胆”“感时忧国”“天下兴亡，匹夫有责”，是“才高八斗”“学富五车”；当文人被毁誉时，是“文人相轻”“本是同根生，相煎何太急”“一为文人，便无足观”。中国传统文化历来是有弹性的，既进退有余又居处不定：穷则独善其身，达则兼济天下；但又居庙堂之高忧其民，处江湖之远忧其君。传统文人的这种禀赋性格，也深刻影响了现代政治家对这一阶层的评价。中国现代主流文化对文人或知识分子历来没有好脸色。也正因为如此，知识分子的思想改造，整肃、批判、检讨才成为又一种传统。但人能够被改造吗？或者说一种传统能够被改造吗？大概不能。

在现代知识分子阶层形成之前，中国舞文弄墨的人被称为“文人”。文人就是现在的文化人。幕僚、乡绅等虽然也有文化，也可能会有某些文人的习性，但他们的身份规约了他们的生活方式和情感方式，他们还不能称为文人。就像现在的官员、公务员、律师、工程师、教师等，虽然也有文化，但他们是政治家或专业工作者，也不能称为文人。在传统中国，文人既是一个边缘群体、特殊的阶层，也是一个最为自由的群体。他们恃才傲世，放浪不羁，漠视功名，纵酒狎妓等无所不为。这种行为方式和价值观都反映在历代文人的诗文里。五四新文化运动之后，这一传统被主流文化所不齿，它的陈腐性也为激进的现代革命所不容。因此，文学中的传统文人气息在相当长的一个时段里彻底中断了。20世纪90年代以后陆续发表的贾平凹的《废都》、王家达的《所谓作家》、张者的《桃李》、莫怀戚的《经典关系》等，使我们又有机会领略了文人的气息。庄之蝶和胡然虽然是现代文人，但他们的趣味、向往和生活方式都有鲜明的传统文人的印记。他们虽然是作家，也有社会身份，但他们举手投足都有别于社会其他阶层的某种“味道”：他们有家室，但身边不乏女人；生活很优裕，但仍喜欢钱财；谈诗论画才华横溢，但也或颓唐纵酒或率性而为；喜怒哀乐溢于言表。但那终是小说，是虚构的文本，是不能与叙事者对号入座的。

散文与小说又有不同，不能虚构不能先锋，很难在形式上创新，无论抒情记事明理哲思，无论是书写外部世界还是内心世界，都须是作家真实的感受、真实的体会。因此，散文在本质上应该是向内的。“一为文人，便无足观”，是指文人向外时治国平天下或面对政治的了无兴趣或无为无措。修齐治平是志向也是价值目标，成事了就是官僚或政治家，成不了事或后来潦倒了，也只有抒情记事闲云野鹤一路了。后来有“文化大散文”一说，但文学界似乎不大认同，原因是那向外的宏大叙事不那么真实，也有卖弄之嫌。文人一卖弄就酸腐，看热闹的认为有学问，看门道的就不以为然了。贾平凹的散文没有这样的毛病，他的语言畅达无碍，但又不是言志诗文那般江河奔涌一泻千里。他的散文是乡间溪流，虽有波澜但不突兀，不是靠荡气回肠百转千回攫取人心，而是如绵绵细雨润物无声。这与他关注的事物、选取的题材有关。不仅这本《大翮扶风》，包括他所有的散文，书写的都是日常生活寻常事，都是我们曾经经历耳熟能详的事物。比如自然景物、风土风情、家人邻里、故乡逸事、亲朋好友、山水游记、书里书外等等。在这些寻常事物中，贾平凹书写着自己的情怀，这个情怀是人间情怀，虽然没有日月经天般的高远，却表达了他对生活真切的热爱。比如他记述家乡的六棵树，写看香椿叶子实则看人家年轻媳妇的男人们；写把秦腔和西凤白酒、长线辣子、大叶卷烟、牛肉泡馍一起看成是“共产主义五大要素”的农民；写自己曾经惧怕、后来可以“借酒”聊天开导自己的父亲。如此这般家长里短，但这就是生活，在这多少有些琐屑的生活里，我们读到的是作家对人间烟火的关注和留意。事实上，越是我们熟悉的生活可能书写起来越困难，就像鬼容易画人难画一样。

文人的趣味无论高雅或是低俗，在文字中是不能掩藏的。当下的生活热闹又苍白，丰艳而空洞，说是红尘滚滚灯红酒绿并不夸张。时下有个流行很久的词“应酬”，什么意思呢？是“应付酬谢”？无论什么事情一要应付便趣味全无。作为名人的贾平凹遇到的“应酬”是可以想象的。在《辞宴书》中可见一斑。“饭局”是“应酬”最常见的形式，但和什么人吃饭、说什么话、乘什么交通工具、怎样排座次、什么时间开席、如何敬酒、如何笑、如何听人谈话凡此种种，能把人生生累死。当然不能说拒绝了“饭局”就高雅了，但作者向往的“一壶酒、两个人、三碗饭、四盘菜，十分钟吃一顿”的快意是大可意会的。当年读陈建功的散文《“涮庐”闲话》大抵也是这种境界。虽然不抵周作人的“喝茶当于瓦屋纸窗之下，清泉绿茶，用素雅的陶瓷茶具，同二三人共饮，得半日之闲，可抵十年的尘梦”来得雅致，但意味却没有二致。于是在《生活的一种》中，我们看到了贾氏院要栽柳，饮酒备小盅，出游踏无名山水，读闲杂书籍的生活理想。但在残墙补远山，水盆盛太阳的冥想中似乎也看到了陶潜桃花源梦幻的若隐若现。

贾平凹的散文我最喜欢的还是他写人的一些文字，有趣、有神韵，三言两语一个人就活脱脱地出来了。我觉得这与贾平凹有写小说的本事有关。很多人物我们都能感到他是用小说的方法在写散文中的人。《屠夫刘川海》，一个杀猪的屠夫，人朴实本色，但专对男女之事兴味盎然，一个专注这等事情的人与屠夫的身份也就相符了；《闲人》我认为是一名篇。

> 闲人总是笑笑的。“喂，哥儿们！”他一跳一跃地迈着雀步过来了，还趿着鞋，光身子穿一件褂子，也不

扣，或者是正儿八经的西服领带——总之，他们在着装上走极端，但却要表现一种风度。他们看不起黑呢中山服里的衬衣很脏的人，耻笑西服的纽扣紧扣却穿一双布鞋的人。但他们戴起了鸭舌帽，许多学者从此便不戴了；他们将墨镜挂在衣扣上，许多演员从此便不挂了——。

“几时不见哥儿们了，能请吃一顿吗?”喊着要吃，却没乞相，扔过来的是一支高档的烟。弹一支自个儿吸了，开始说某某熟人活得太累，脸始终是思考状，好像杞人忧天，又取笑某某熟人见面总是老人还好，孩子还乖？末了就谈论天气，那一支烟在说话的嘴上左右移动，间或喷出一个极大的烟圈，而拖鞋里的小脚指头一开一合地动。

虽是散文，但“闲人”的形象和盘托出生动无比。闲人作为一个阶层自古有之，但贾平凹对闲人却有很高的评价。这大概也是他心向往之的一种境界或状态。其他像《关于女人》《看人》《朋友》《石头沟里一位复退军人》《摸鱼捉鳖的人》等，将各色人等都写得活灵活现惟妙惟肖。这种功夫里隐含着贾平凹乐观、幽默和善意的会心。这就是文人的趣味。读现代散文，我们常为丰子恺、梁遇春、梁实秋、聂绀弩、林语堂等的幽默所感染。一个有趣味的作家才能写出有趣味的散文。

说到文化信念，在今天已经是一个奢侈的词语。但在贾平凹并未刻意的言说中，文化信念一直贯穿行文其间。文化信念经院式的解释是：将文化的基本原理和教条、信条，升华为一种信念，人类将文化信念当成自己最基础、最现实的信仰；文化信念超越人对科学理性的崇拜和对神明的敬畏；文化信念是个人信仰观的核心组成部分。说得简明些，就是人所坚持的最基本的核心价值观。这些观念是不能出让、无须讨论、不能妥协的尺度。比如《在女儿婚礼上的讲话》，大概是贾平凹发表的为数不多的“讲话”之一，因为发表“讲话”意味着“资格”。作为作家名声再大也是不适于发表“讲话”的。好在这是在女儿婚礼上，是自己家的事情，作为家长在这样的场合是都可以或必须发表“讲话”的。作为家长的贾平凹主要讲了“三句话”，这“三句话”在一个庄重的场合表达了一个家长在日常生活中的文化信念：

第一句，是一副对联：“一等人忠臣孝子，两件事读书耕田。”做对国家有用的人，做对家庭有责任的人。好读书能受用一生，认真工作就一辈子有饭吃。

第二句，仍是一句老话：“浴不必江海，要之去垢；马不必骐骥，要之善走。”做普通人，干正经事，可以爱小零钱，但必须有大胸怀。

第三句，还是老话：“心系一处。”在往后的岁月里，要创造、培养、磨合、建设、维护、完善你们自己的婚姻。

作为家长的贾平凹用的都是“老话”，这不是照抄照搬图省事，这既是经验也是文化信念。因此，说贾平凹作为一个现代文人，主要坚持中国文化传统一路并非空穴来风。

书中还收录了《废都》和《秦腔》后记。我认为这是贾平凹至今最重要的两部小说，也是奠定他在中国当代文学地位的作品。《秦腔》已获“茅盾文学奖”，有了公论这里不再赘言。但无论1993年前后《废都》遭遇了怎样的批评，他个人遭遇了怎样的磨难，都不能改变这部作品的重要性。我当年也参与过对《废都》的“讨伐”，后来我在不同的场合表达过当年是批评错了，那种道德化的激愤与文学并没有多少关系。在“人文精神大讨论”的背景下，可能任何一部与道德有关的作品都会被关注。但《废都》的全部丰富性并不只停留在道德的维度上。今天重读《废都》后记，确有百感交集的感慨。

如果说贾平凹的小说隐含着他对“国事家事天下事”的关怀或忧患的话，那么他的散文就是“风声雨声读书声”从容淡定。小说经过百年历史的经营塑造，担负的东西越来越多，内容越来越复杂。不堪重负的小说如果不和国家民族建立关系，笃定是末流，这是否就是小说的正途我不敢妄下断语。但散文经过80年代以后的不断建构，反倒越来越松弛，除了“文化大散文”之外，散文与生活建立的联系，或者它的人间烟火味道弥漫四方。在贾平凹的散文里，我们可以读到拒绝、读到心仪、读到由衷的喜悦和忧伤。这些发自内心的体会和平实的语言方式，就是贾平凹的散文能够传之久远的最后秘密。

遵平凹先生和出版社之嘱，说了上面的话，权当序言。

原载贾平凹《大翮扶风》（辽宁人民出版社2009年出版）

“逆行者”的声音

——韩少功新世纪散文随笔论要

四十年来的中国文学或思想文化领域，韩少功首先是在场者，而且一直在场。不同的是，在相对可以划分的历史阶段中，他起着不同的作用。他的作用究竟有多大姑且不论，但我们一定要谈论到他，他是一个重要的参照，这就是他的重要。而且，时间越是久远，他的重要性就越发凸显。我隐约感到，韩少功和张承志、史铁生等生于20世纪50年代前后的作家，一代生于黑暗与光明交替时代的作家——成名于80年代——也是新旧交替时代的作家，偶然的历史遭遇却与共和国的文学，或者说与共和国的思想和情感的深度及其表达，为这个时代留下了最深刻的文学印迹。我相信，从80年代走过来的青年，特别是文艺青年对他们绝不会陌生，几乎没有谁没有读过他们的作品。他们是辉煌的80年代的一部分，也是我们80年代文化记忆的一部分。

80年代韩少功的主要成就还是小说创作。90年代他更引人注目的是思想随笔一类的文字。我曾写过《庸常年代的思想风暴——韩少功九十年代论要》①一文，文章既是对那个时代"人文精神大讨论"的一种回应，也是对那时的韩少功思想站位的评价。90年代初期，"我隐约感到，在失魂落魄、随波逐流或争相向大众文化市场献媚的潮流中，在簇拥明星或大款为时尚的年代里，新的思想风暴同时顽强地孕育于时代的边缘。它被为金钱攫取力驱动的人们所忽略或无视是可以预料的，但它却在文学界一些朋友中默默流传和被谈论。这场思想风暴不是人为的策动，不是揭竿而起的偶然冲动，面对虚假的世界，它是来自'灵魂的声音'，是决不同流合污，决不妥协屈服的新理想主义精神的示谕；面对失魂的文坛，它是一场'精神的圣战'，是对在感性

① 孟繁华：《庸常年代的思想风暴——韩少功九十年代论要》，《文艺争鸣》1994年第5期。

的谎言中狂欢奔突的城市漂浮物们决斗的战书。精神领域，不在于蜂拥起哄的人多势众，有几个清醒而顽强的头脑便足以让堕落倾向者提心吊胆、心惊肉跳”。[1]而此时的韩少功——

> 在“灵魂纷纷熄灭的‘痞子运动’正成为我们的一部分现实”的时代，他热情地赞赏了张（承志）、史（铁生）二位作家的别一种声音。这是《灵魂的声音》。在这篇言辞激烈、态度坚决的文章里，韩少功又一次宣言式地发表了他对时代与文坛的看法。它似乎没有多少“新意”，毫无惊人之语，大都是老生常谈式的旧话重提。但是，在一个缺乏灵魂的文坛，在一个“耻言理想”“蔑视道德”“情感正在沙化”的文坛，他发现了张承志、史铁生们的意义“在于反抗精神叛卖的黑暗”，“说出了一些对这个世界诚实的体会”。这当然不是搔首弄姿取悦于看客的姿态，这是看够了新既得利益者的圆滑善变之后，回身四顾越过各式“痞子”而

① 孟繁华：《庸常年代的思想风暴——韩少功九十年代论要》，《文艺争鸣》1994年第5期。

> 听到的一个文化大国的灵魂之声。在他们的作品里人们看到的是绝不逃三避四的批判力量和有虔诚信仰的当代文人情怀。显然，韩少功以自己的方式加入了这场持久的“精神圣战”。①

这一描述或评价现在看来多少有些夸张或言过其实。但在“人文精神大讨论”的年代，这是不得已而为之的一种修辞方式。90年代已经结束，但90年代的问题并没有结束。或者说，我们现在遇到和处理的思想、文化和精神领域的问题及使用的占统治地位的关键词，大多还是90年代留下的“遗产”。因此，美国史学家卢卡克斯说20世纪“是一个短暂的世纪”。从90年代至今，几十年过去了，无论社会思想文化环境（或布迪厄意义上的场域）还是生活在这个环境里具体的个人，都发生了一些变化。比如左和右，进步和落后，现代和传统，等等，越来越说不清楚，越来越成为一笔不明不白的糊涂账。作为一个有思想能力的作家，韩少功也有变化，他的变化可能是行走方位或生活方式选

① 孟繁华:《庸常年代的思想风暴——韩少功九十年代论要》,《文艺争鸣》1994年第5期。

择的变化，但作为一个思想文化领域的“逆行者”的形象并没有变。“逆行者”，首先要有强大的思想能力，并在思想的过程中获得快感；他要有特立独行的人格，敢为天下先，而不是人云亦云之辈。在我看来，90年代“人文精神大讨论”时代的韩少功，在知识界的思想情感也普遍顺应市场经济大潮的情况下，是一个“逆行者”，是一个批判者。那时的他虽然并非横眉立目，虽然言辞和情绪在可控范围，但其思想立场显然已表达了不可换取的决绝，他辩才无碍，也充满了“不同意”的激情。新世纪以后的韩少功，似乎改变了他的表述策略，对某些事物不再直接表达看法，更多的是用“曲笔”，甚至是行为方式。现在，很多场合将写文章也叫“发声”，发声就是发出呼声，阐发见解。如果是这样的话，也可以说是韩少功的“声音”构建了新世纪他在精神领域“逆行者”的形象。

重返山乡：山乡的变与不变

《山乡巨变》是周立波1956年至1959年先后写出的反映农业合作化的长篇小说。作品叙述的是湖南一个偏远山区——清溪乡建立和发展农业合作社的故事。正篇从1955年初冬青年团县委副书记邓秀梅入乡开始，到清溪乡成立五个生产合作社结束。续篇是写小说中人物思想和行动的继续与发展，但已经转移到成立高级社的生活和斗争当中。在当时的历史语境中，周立波也难以超越阶级斗争、路线斗争的写作模式，这当然不是周立波个人的意愿，在时代的政策观念、文学观念的支配下，无论对农村生活有多么切实的了解，都会以这种方式去理解生活。这是时代为作家设定的难以超越、不容挑战的规约和局限。但是，周立波毕竟是一个跨时代的伟大作家。我曾经对周立波有过这样的评价——

如果还原到具体的历史语境，可以说，周立波的创作，由于个人文学修养的内在制约和他对文学创作规律认识的自觉，在那个时代，他是在努力地寻找一条属于自己的道路：他既不是走赵树理及“山药蛋派”作家的纯粹“本土化”，在内容和形式上完全认同于“老百姓”口味的道路，也区别于柳青及“陕西派”作家以理想主义的方式，努力塑造和描写新人新事的道路。他是在赵树理和柳青之间寻找到“第三条道路”，即在努力反映农村新时代生活和精神面貌发生重大转变的同时，也注重对地域风俗风情、山光水色的描绘，注重对日常生活画卷的着意状写，注重对现实生活人物的真实刻画。也正因为如此，周立波成为现代“乡土文学”和当代“农村题材”之间的一个作家。[①]

在《山乡巨变》中，周立波描述了那个时代的巨变。这个巨变不仅是时代生活的巨变，同时也在巨变的讲述中建构了社会主义的价值观。因此，《山乡巨变》才有可能被后来的文学史家命名为“十七年”的“三红一创，青山保林”“八大经典”之一。但是，生活的逻辑总比观念的逻辑更有生命力。当半个多世纪过去之后，韩少功再次回到八溪——那里距离周立波笔下的清溪乡应该并不遥远——

盛夏之夜，只要太阳一落山，山里的暑气就消退，辽阔水面上和茂密山林里送来的一阵阵阴凉，有时能

① 孟繁华：《周立波：“伟大的艺术家是时代的触须”》，《光明日报》2018年11月30日。

逼得人们添衣加袜，甚至要把毯子裹在身上取暖。童年里的北斗星在这时候出现了，妈妈或奶奶讲述的牛郎织女也在这时候出现了，银河系星繁如云星密如雾，无限深广的宇宙和无穷天体的奥秘哗啦啦垮塌下来，把我黑咕隆咚地一口完全吞下。我是躺在凉台上吗？也许我是一个无依无靠的太空人在失重地翻腾？也许我是一个无知无识的婴儿在荒漠里孤单地迷路？也许我是站在永恒之界和绝对之境的入口，正在接受上帝的召见和盘问？……[1]

这样的场景可谓周立波《禾场上》《山那面人家》中出现的场景在今天的再现。

融入山水的生活，经常流汗劳动的生活，难道不是一种最自由和最清洁的生活？接近土地和五谷的生活，难道不是一种最可靠和最本真的生活？我被城市接纳和滋养了三十年，如果不故作矫情，当心怀感激

① 韩少功：《月夜》，《山南水北》第49页，长江文艺出版社2018年1月版。

和长存思念。我的很多亲人和朋友都在城市。我的工作也离不开轰轰城市。但城市不知从什么时候开始已越来越陌生，在我的急匆匆上下班的线路两旁与我越来越没有关系，很难被我细看一眼；在媒体的罪案新闻和八卦新闻中与我也格格不入，哪怕看一眼也会心生厌倦。我一直不愿被城市的高楼所挤压，不愿被城市的噪声所烧灼，不愿被城市的电梯和沙发一次次拘押。大街上汽车交织如梭的钢铁鼠流，还有楼墙上布满空调机盒子的钢铁肉斑，如同现代的鼠疫和麻风，更让我一次次惊悚，差点以为古代灾疫又一次入城。侏罗纪也出现了，水泥的巨蜥和水泥的恐龙已经以立交桥的名义，张牙舞爪扑向了我的窗口。[①]

这是与山乡有关的抒情诗，是一个现代知识分子对乡村迷恋和赞美的证词。读这样的文字让人情不自禁想起的，是屠格涅夫《乡村》中对故乡的赞美和陶醉——

① 韩少功：《扑进画框》，《山南水北》第3页，长江文艺出版社2018年1月版。

六月的最后一天，漫漫一千俄里之内，都是俄罗斯大地——我的故乡。

茫茫长空匀净地碧悠悠；只有一片白云——仿佛是在轻轻飘浮，又似乎是在袅袅融散。微风敛迹，天气暖洋洋的……空气就像刚刚挤出、还冒着丝丝热气的牛奶一样新鲜！

云雀在悠扬地歌唱；燕子在静悄悄地飞来掠去；马儿在喷着响鼻，不停地嚼着草；狗儿一声不吠地站在那里，温驯地轻摇着尾巴。

空气中弥漫着烟火味和青草味——其中还夹杂着一丝焦油味，一丝皮革味。大麻地里的大麻枝繁叶茂，散发出一阵阵香烘烘的气味。

一条坡度平缓的深深峡谷两边的坡上长着几排爆竹柳，一棵棵树冠似盖，枝叶婆娑，下面的树干却都已龟裂了。一条小溪从谷底潺潺流过，波光粼粼，似乎可见水底的小石子在微微颤动。远处，天地合一的地方，一条大河就像连接天地的一道蓝莹莹的花边。①

① 《乡村》，《屠格涅夫散文精选》，长江文艺出版社2020年10月版。

这是不变的山乡。但另一方面，熟悉八溪村的韩少功，显然也看到了另一种“山乡巨变”。这个巨变，我们在许多虚构和非虚构的作品中已经耳熟能详。这就是乡村的“空心化”。青壮年都外出打工了，有的甚至过年也不回来，留下的人影日渐稀少。“山里更显得寂静和冷落了。很多屋场只剩下几个闲坐的老人，还有在学校里周末才回家的孩子。更有些屋场家家闭户，野草封掩了道路，野藤爬上了木柱，忙碌的老鼠和兔子见人也不躲避。”“寂静使任何声音都突然膨胀了好多倍。外来人低语一声，或咳嗽一声，也许会被自己的声音所惊吓。他们不知是谁的大嗓门在替自己说话，不知是何种声音竟敢冒天下之大不韪，闯下这一惊天大祸。”

韩少功对城市生活的厌倦，一方面和时尚青年“说走就走的”旅行不同，和迷恋诗和远方，去西藏、去可可托海的远足不同，当然更与成功人士或中产阶级“到乡下去”大异其趣。这些人说到底还是与时尚有关，与消费主义意识形态的操控有关；另一方面，韩少功的返乡与城市的“创伤记忆”没有关系。他在《回到从前》一文的注释中写道：“1997年至1998年，笔者因批评文坛某些现象而招怨，于是某小说被几位论争中的对手指为‘剽窃’‘抄袭’‘完全照搬’，成为上百家媒体热炒的新闻。”如果是这个原因，那么韩少功的返乡之旅就与现代文学史上离乡出走城市，饱尝创伤体验后又重新讴歌乡村的思路如出一辙了。《山南水北》的插图里，有一幅韩少功“在农家聊天”的照片。他坐在一个矮凳上，裤腿挽到膝盖，穿着一双六七十年代常见的“解放胶鞋”，吸着香烟，面带微笑。那是一种发自内心的由衷的笑，心满意足的笑。而不是他所说的那种都市里已经平均化了的笑，有某种近似性和趋同性的笑。他说：“下乡的一大收获，是看到很多特别的笑脸，天然而且多样。每一朵笑几乎都是爆出来的，爆在小店里，村路上，渡船上，以及马帮里。描述这些笑较为困难。我在常用词汇里找不出合适的词，只能想象一只老虎的笑，一只青蛙的笑，一只山羊的笑，一条鲢鱼的笑，一头骡子的笑……对了，很多山民的笑就是这样乱相迸出，乍看让人有点惊愕，但一种野生的恣意妄为，一种原生的桀骜不驯，很快就让我由衷地欢喜。”[1]因此，重新下乡，于韩少功来说完全是一个自然和自主的选择。他说：“我喜爱远方，喜欢天空

---

① 韩少功：《笑脸》，《山南水北》第23页，长江文艺出版社2018年1月版。

和土地，只是一些个人的偏好。我讨厌太多所谓上等人的没心没肺或多愁善感，受不了频繁交往中越来越常见的无话可说，也只是一些个人的怪癖。”[①]但是，韩少功毕竟是著名作家，是社会公众人物。因此，他个人的行为方式一经在社会流播，便会迅速发酵并在阐发过程中形成诸多评论。《山南水北》获第四届鲁迅文学奖，授奖词说：“一部壮观的散文长卷。韩少功将认识自我执着地推广为认识中国，以忠直的体察和宽阔的思考，在当代背景下发掘和重建了乡土生活的丰沛意义。”在我看来，这是对《山南水北》最为贴切的评价。事实的确如此，韩少功通过个人的行为方式在引导我们生活的价值目标：不要一味地向前、向富有，最后向无所事事两手空空猛跑，生活有时也需要停下脚步，甚至向来路的方向看看。我们过去缺的东西太多了，所以就会认为物质越丰富生活就越幸福，贫困和饥饿给了我们顽固的记忆和对世界、对幸福的理解。当我们渴望的这一切部分地实现之后，我们发现事情远远不是这样。于是他看到的，是乡长贺麻子，“业余萨满”船老板有根，神算神

① 韩少功：《回到从前》，《山南水北》第10页，长江文艺出版社2018年1月版。

医“塌鼻子”，流浪狗“三毛”，庆爹，“知情者们”，失明的“满姨”，“农痴”，等等，山乡有了这些人，就有了无尽的故事。这些故事构成了八溪村的日常生活，当然这是“重建”的日常生活，在这样的日常生活中，“丰沛的意义”才一览无余。《山南水北》出版之后，在文学界、媒体和读者那里引起了强烈反响。这一年，他还获得了《南方都市报》“第五届华语文学传媒大奖”年度杰出作家奖，授奖词说：“《山南水北》，作为他退隐生活的实录，充满声音、色彩、味道和世相的生动描述，并洋溢着土地和汗水的新鲜气息。这种经由五官、四肢、头脑和心灵共同完成的写作，不仅是个人生活史的见证，更是身体朝向大地的一次扎根。在这个精神日益挂空的时代，韩少功的努力，为人生、思想的落实探索了新的路径。”

2017年10月，“韩少功先生创作40周年汨罗老乡见面会”在韩少功夫妇知青地汨罗市罗江镇举行，韩少功观看了采访他知青时代一起相处的老乡的视频，当看到老乡都想他回来看看时，他的眼里噙满泪水。为什么我的眼里常含泪水，因为我对这土地爱得深沉。

韩少功和张承志、史铁生等有知青经历的作家一样，他们的“乡村记忆”亲切而牢固。他们的创作从一开始就与他们的乡村经验如影随形。张承志的《骑手为什么歌唱母亲》、史铁生的《我的遥远的清平湾》等，带着那个时代的清新、纯洁和“文艺范儿”走进了我们的文学生活，改写了文学几十年一以贯之的刻板无趣穷困潦倒。他们让文学有了思考，有了魂魄，也有了超越现实的浪漫和想象。韩少功是这个文学群体的主要作家。他的小说《月兰》《西望茅草地》《飞过蓝天》《风吹唢呐声》《爸爸爸》《女女女》《归去来》一直到他重要的长篇小说，都与他的乡村有关。《山南水北》对韩少功来说，是他改变生活方式之后的一部最重要的散文，是他“再次上山下乡”第七个年头面对读者的真情告白。在1968年上山下乡后的三十年，韩少功突然掉过头来，重新返回那个叫作“八溪”的村庄，这当然不是简单的重复——当年是不得已，那是一代青年共同的命运；现在是他自己自主的选择，这显然是一种经过深思熟虑后的选择。这个选择是“逆行者”的选择。“逆行者”这个词近年来用得多，因为我们遇到的事情太多，特别是遇到危险的事情太多，比如无处不在的新冠病毒，比如重大的水灾、火灾、恐怖活动等，大多数人唯恐避之不及。但必须有一些大勇者“逆行”，他们承担了拯救者的角色，要救助那些遭遇了危险和不幸的人们。如是，将韩少功作为一个“逆行者”来评论，显然是一种比喻。李敬泽认为，韩少功是知行合一的，他力图提供另一种对中国的认识路径，力图将被轻率删减的乡村意义加入正在迅速更新的对中国的想象和认同中去。

放眼世界：方法和眼光

韩少功有两篇随笔非常重要。一篇是发表于2016年《十月》上的《守住舞蹈的秘密》，一篇是发表于2017年《钟山》上的《渡口以及波西米亚》。这两篇文章分别收进了《漫长的假期》和《人生忽然》两个集子中。在编排上，《漫长的假期》以“远方”命名，《人生忽然》则以“读大地”命名。无论是“远方”还是“读大地”，都是一种象征，与“辽远”“阔大”“无边无际”有关。它喻示了韩少功的眼界，也喻示了他对历史讲述方式的看法和看世界的角度。这个方法和角度，是超越了文化而具有了文明意义的。我们知道，文化是相对于政治、经济而言的人类全部精神活动及其产品，它是不断丰富、发展变化的；而文明则是文化长期积淀的精华部分，它虽然也在发生变化，但是相对稳定。文明是我们了解和把握世界更大的框架，有何种文明，才会有何种文化。文明是使人类脱离野蛮状态的所有社会行为和自然行为构成的集合，这些集合至少包括了以下要素：家族观念、工具、语言、文字、信仰、宗教观念、法律、城邦和国家等等。由于各种文明要素在时间和地域上的分布并不均匀，产生了具有显而易见区别的各种文明，具体到现代，就是西方文明、阿拉伯文明、东方文明、印度文明四大文明，以及由多种文明交汇融合形成的俄罗斯文明、土耳其文明、大洋文明和东南亚文明等在某个文明要素上体现出独特性质的亚文明。

《守住舞蹈的秘密》是写拉丁美洲见闻的文章。包括智利、哥伦比亚、墨西哥的尤卡坦半岛及阿根廷等。看似一篇游记，实则是对拉丁美洲历史和世界历史讲述的辩难。关于拉丁美洲的历史，西方人撰写的《全球通史》有他们的说法，但是，这些说法却难以掩盖美洲南北经济的巨大落差，两个美洲分道扬镳渐行渐远的后果。哥伦比亚安第斯大学的教授认为——

拉丁美洲看上去越来越像“西方”的一大块郊区。在这一片文盲充斥的广阔地域，几十个国家捆在一起，其科研投入总量也仅及美国的1/200。地区经济巨头阿根廷，研发支出占国内生产总值也不及韩国的1/6。就大部分国家而言，工业还处于初级加工的低端，大学里的理工系科很不像样，或干脆没有，怎么也办不起来。巴西的钢铁、汽车、飞机一直领跑拉美经济，但也挡不住来自美国、德国、日本、韩国的进口品大规模覆盖，从天上到地下，眼看就要占领消费者们的全部视野。

然而，经济的落差并没有妨碍“穷且快乐”。意乱情迷的拉美，五光十色、激情四射的拉美，不仅盛产美女、诗人和魔幻现实主义小说家，而且盛产大牌国际球星，没有经济奇迹也照样热血沸腾。西方缔造的现代性不是拯救世界唯一的良方，“反现代”的现代性，也创造了另一种幸福。墨西哥多次民调显示出的全球最高幸福指数就是证明。当然，韩少功一定不会忘记要为“贝隆夫人”艾薇塔写上一笔。这倒不在于那首《阿根廷别为我哭泣》已经响彻全球，重要的是，这个出身卑微后来在政坛大放异彩的女人，是穷人的偶像。她曾马不停蹄地奔走于工厂、学校、医院、孤儿院之间，为提高阿根廷的社会保障、救济、劳工待遇、教育水平等问题疲于奔命。她信誓旦旦要改善阿根廷底层人民的生活，而且永远站在穷人那一边，成为他们最好的朋友与旗手。同时，她积极维护女性权益，为女性争取选举投票权。但是，那难以兑现的承诺因过于理想化而幻灭。也许艾薇塔童年的经历并没有真正化为一种悲天悯人的信念，她所做的一切更像一种发泄，为穷人呐喊，也并非出自痛彻肺腑的怜悯，却更像是对富人的报复和蔑视，以及为真正成为大人物所寻找的平衡点。如同彩虹之旅，她似乎在燃烧自己的生命，来表演着她的奢华和夺目。

值得我们注意的是，这也是拉丁美洲的历史，但却并没有也不会在《全球通史》中被讲述。因此，历史讲述的秘密昭然若揭：历史基于时间，却始于讲述，或者说，讲述开创历史。历史的生命就是讲述，历史是用来说的，历史是说出来的，历史在言说中存在，不被说的就不存在。从行为造事的意义上说，人是历史的创造者，所以，人是历史的主体，但在述事而建立精神索引的意义上，历史的主体是语言。如果是过去所做的事情，那么历史的主体是人；如果是所说的过去事情，历史的主体是语言——被说的历史已经转化为一个文明甚至人类共享的精神世界，不再属于个人行为或记忆。“那么，什么是历史的选择标准或淘汰标准？作为现实的年轮，历史关心的是：什么往事需要一直保存？什么精神可以成为遗产？什么制度是现实的根据？什么问题始终具有当代性？显然，历史具有共有性和共享性，因此，在理论上说（实践上或有偏差），历史记载的是值得一个集体去追忆的事情或需要继续保值的经验，正是历史叙事创造了集体经验和集体记忆，也就是一个文明的生命事迹，既包括辉煌成就也包括苦难教训。如前所论，历史做不到如实，甚至人们也不愿意历史故事完全如实，而更重视拥有精神和思想附加值的历史，因此，历史总是创造性的叙事，是文明基因的生长形式，它给每一代人解释了人们、我们和他们从哪里来、是什么样的、有什么伟大事迹或有哪些愚蠢的失败，它塑造了可以共同分享的经验、一致默会的忠告、不言而喻的共同情感和作为共同话题的记忆，总之，历史承载了可共同分享的故事，这些故事又成为解释生活的精神传统。正是通过历史，一种文明才得以确认其传统和精神。”[1]赵汀阳的历史哲学给我们以极大的启示。这就是历史与时间的关系，历史与言说的关系，历史与文明生死的关系。

《渡口以及波西米亚》，是韩少功另一篇重要的随笔，也从一个方面反映了他看世界的方法和眼光。这是一篇写布拉格的随笔。韩少功与布拉格似乎有不解之缘。80年代他就翻译了米兰·昆德拉的《生命中不能承受之轻》。这本书对中国文学和读者来说意义重大。用韩少功的话说，中国与捷克是两个很不同的国家，但都经历过社会主义实践的曲折。看看捷克作家怎样感受和表达他们的社会生活，对中国的作家和读者应该是有启发的。也就是从那个时代起，昆德拉在中国声名鹊起，他的著作几近成了畅销书，以至于在中国孕育了后来的专门研究昆德拉的专家。昆德拉的小说和他的《小说的艺术》深刻地影响了起码两代中国作家。而且是昆德拉告诉了我们对“媚俗”的警惕和批判。他在《耶路撒冷演讲：小说与欧洲》中说：“所谓‘媚俗’，就是用美丽、动人的语言表达固有观念的愚蠢。它惹得我

① 赵汀阳：《历史之道：意义链和问题链》，《哲学研究》2019年第1期。

们为自身，为我们平庸的感受与思想一掬热泪。在五十年后的今天，布洛赫的话变得更加具有现实性。由于必须讨好，也即必须获得最多数人的关注，大众媒体的美学不可避免地是一种媚俗美学；随着大众媒体包围、渗入我们的整个生活，媚俗就成了我们日常的美学与道德。直到不久以前的时代，现代主义还意味着一种对固有观念与媚俗的反保守主义的反叛。今天，现代性已经与大众媒体的巨大活力相融，成为现代人就意味着一种疯狂的努力，竭力跟上潮流，竭力与别人一样，竭力比那些最与别人一样的人还要与别人一样。现代性已披上了媚俗的袍子。”即便现在看来，昆德拉对“媚俗”的警觉仍然是有效的忠告。

《渡口以及波西米亚》，讲述了一个现代文明局外族群的历史，这是一个流动的族群，一个传承着欧洲艺术之魂的族群，当然也是一个居无定所颠沛流离格外受到歧视的族群——

> 曾与捷克合为一国的斯洛伐克，至今保持了全球最高的罗姆人比例，但数百万波西米亚先民毕竟早已流散四面八方，把故地让给了更多白种人。他们为什

么要走？为什么总是以路为家走向地平线？也许，作为他们最后的故乡，中欧平原这一地区缺少足够的粮食。这里一马平川，绿荫满目，风景优美，却没有春夏季风这一重要条件，没有生成淀粉和发达农业所必需的“雨热同季”，因此只能靠放牧、采猎维持较低的人口保有率。也许，中欧平原这一地区也缺少高山、大河、沙漠、海峡等天然的军事屏障。在一个冷兵器时代，一个几乎全靠人肉方阵相互铣削以决定胜负的时代，辽阔的波西米亚夹在西欧、斯拉夫、奥斯曼几大板块之间，任列强的战车来回碾压，太像一片天然的角斗场，一项删削人口的除数，很多弱势者只好一走了之。[①]

对这个极具个性的族群，是文学艺术给了了极大的关注。如雨果著名的长篇小说《巴黎圣母院》的吉卜赛女郎埃斯梅拉达、比才歌剧《卡门》中的女主角、普希金长诗《茨冈》中的草原人等，这个幽灵般的族群得以被艺术化地表

① 韩少功:《渡口以及波西米亚》,《人生忽然》第33页，湖南文艺出版社2021年10月版。

达。无独有偶，当年，昆德拉在《小说的艺术》中，曾这样记述了他作为小说家领取以色列颁发的文学奖项时的讲话：

> 以色列将它最重要的奖项颁发给世界文学，我认为这并不是一个偶然的事实，而是源于一个长久的传统。事实上，正是那些伟大的犹太人，远离他们的发源地，超越于民族主义激情之上，一直表现出对一个超越国界的欧洲的高度敏感，不是作为一块领土的欧洲，而是作为一种文化的欧洲。即使非常不幸地，犹太人被欧洲伤透了心，却仍然忠诚于这个国际性的欧洲，于是，以色列，这个犹太人重新找回了的小小祖国，在我眼中俨然成了欧洲真正的心脏，一颗奇特的、处于身体之外的心脏。

无论是犹太人还是波西米亚人，他们有过相似的经历，那是一言难尽的颠沛流离。韩少功后来的讲述看似游离了波西米亚人，但却接续了昆德拉的犹太人。这个人是卡夫卡。与昆德拉的童年是在父亲的书房里读书度过的不一样，作为犹太人后裔的卡夫卡，虽然“是一个富商的儿子，却曾蜗居于黄金小巷，其实是各类杂役混居的连排宿舍，低门矮窗，狭小如穴，并在破房子里写出著名的《乡村医生》。这后面的苦涩隐情不能不让人猜想。他曾给父亲写过一封多达百多页的长信，但始终没有将信发出，直到自己死后才被人发现。这后面的故事也想必让人唏嘘和心酸。不管怎么样，种种迹象表明，他活得越来越腼腆、沉默、孤独、脆弱、惊慌、神经质，在照片上的表情如同死囚”。他犹如布拉格的一个影子一样微不足道。卡夫卡迷恋的不是上流社会的灯红酒绿纸醉金迷，他后来结识了一个同事的儿子、十七岁的青年古斯塔夫·雅诺施。雅诺施后来成为一个在国内小有名气的音乐家和作家。他以他青年人的敏感，察觉到卡夫卡是一个不寻常的作家和思想家，他主动和卡夫卡接近，留心记下他的一系列谈话内容，像爱克曼整理歌德谈话那样整理成书。书中记载卡夫卡说——

卡："我喜欢作坊里的工作。刨花的气味，锯子的吟唱，锤子的敲打声，这一切都让我着迷。下午的时间很快就过去了。到晚上，我总感到十分诧异。"

雅："晚上您一定很累。"

卡:“我是累，但也幸福。没有什么东西比这种纯洁的、摸得着的、到处有用的手工艺更美好了。除了木匠铺，我在农村和花圃也工作过。那些工作都比办公室的徭役美好、有价值。表面看来，办公室里的人要高贵一些，幸运一些，但这只是假象。实际上，人们更孤独，更不幸。事情就是这样，智力劳动把人推出了人的群体。相反，手工艺把人引向人群。可惜我不能到木匠铺或花圃里干活了。”

雅:“您不会放弃这里的位置吧?”

卡:“为什么不呢?我梦想到巴勒斯坦当农业工人或手工工人呢。”

正如韩少功关注的国家是仍在发展中的国家，或者有过屈辱历史的族群一样，他关注的作家，比如昆德拉、卡夫卡，也都是有穷人关怀的作家。对穷人的态度，无论是国家还是作家，是一个检验的尺度。在这方面，韩少功延续了一个伟大的传统。这个传统未必是左翼的传统，而是全世界有良知作家的共同关怀和情怀。如果是这样的话，那么，我们就会明白为什么后来会有韩少功的八溪村之行，为什么后来会有《山南水北》。

世界主义的眼光，就是居高声自远的眼光，就是对外面世界了解的眼光。这种了解与经济的“功利主义”没有关系。经济的“功利主义”就是要瞄着那些强势的发达国家，或者不那么强势国家的市场。作家要了解所谓强势文化或文学国家，这些国家的文化和文学当然也要了解，而且每个人都是自觉不自觉地首先去了解的。韩少功也一定是这样，比如他对美国文学或英法文学的熟悉和了解。但是，在全球化的时代，地方性知识和少数族裔文化，是使世界文化保有多元性的基础和前提。因此，那些有眼光的作家，一定会更加关注不同文化类型国家的文化和文学。

散文随笔，就是自由写作

散文或随笔，是现代文体，或者说在现代经过不断的探索、试错、拓展、构建起来的一种文体。这一文体是自古有之，但在古代多为“应用文”，比如《典论·论文》分为诗赋、奏议、铭诔、书论，四科八体；《文赋》分为诗、赋、碑、诔、铭、箴、颂、论、奏、说等十种；《文心雕龙》分为诗、赋、颂赞、檄移、铭、诔等。作为一种纯粹的文学体式，经过现代百年变革形成的一种文体，散文随笔的变革，也是一种不断建构形式，不断突破藩篱，不断探索书写内容，不断进行对话和争取更大自由才得以完成的。对散文随笔文体自由的理解，就是对文学的理解。韩少功对这一文体的发展有重要贡献，他的散文随笔以理性思辨见长，大大强化了散文随笔的思想性。南帆说："许多迹象表明，'思想'正在韩少功的文学生涯之中占据愈来愈大的比重。如何描述韩少功的文学风格？激烈和冷峻，冲动和分析，抒情和批判，浪漫和犀利，诗意和理性……如果援引这一套相对的美学词汇表，韩少功赢得的多半是后者。'思想'首先表明了韩少功的理论嗜好。"[①]但他的理性和思辨又完全超越了居高临下的说教，他不强人所难，更多的时候是辩难，是针对历史或现实的具体问题——我们曾经忽略或突然遭遇问题的讲述。这与他对生活的思考有关，与大量的阅读及和同代人对话的热情有关。我发现，他经常提到的作家比如张承志、史铁生等，都有强大的思想能

① 南帆：《诗意之源——以韩少功二十世纪九十年代的散文为中心》，《当代作家评论》2002年第5期。

力。这种对话关系不仅相互激励，而且相互启发和提升。因此，莫言评价韩少功说，中国的文学界很少有思想家，但韩少功必列其中；王蒙评价说，韩少功是富有思辨能力的好手，亦叙亦思，有描绘有分解，他的精神空间和文学空间纵横古今天地，耐得咀嚼，值得回味。这都在说明韩少功的散文随笔具有强大的理性思辨的特征。

另一方面，是他在文体上对随心所欲文无定法的热衷。比如《渡口以及波西米亚》，这是一篇写布拉格的随笔。19世纪末20世纪初，布拉格涌现出一批举世瞩目的作家。卡夫卡(1883—1924)、布罗德(1884—1968)、恩斯特·魏斯(1882—1940)、韦尔弗(1890—1945)都是生活在布拉格讲德语的犹太人。共同的社会处境，使他们成为朋友，文学史上称他们为“布拉格派”。孤独和压抑是他们作品的共同基调。他们在文学上各自都做出了贡献，其中最杰出的是卡夫卡。因为这个学派和卡夫卡，布拉格成了“个人主义美学的故乡”。人的主体性，强调个人的地位和价值。但是，在个人主义美学的故乡，个人首先遭遇了困境。比如卡夫卡的小说。几十年过去之后，中国的人的主体性神话也逐渐幻灭。这当然是后话——

当年弗兰兹·卡夫卡也许就是这样走出了查理大学，斜插过小树林，经过那家印度人的餐馆，下行约两百多步，再经过那个德国人的钟表店，进入瓦茨拉夫广场。在街口拐角处，他照例看见了操弄手摇风琴的卖糖老汉。

他也许继续沿着碎石铺就的老街向前，在一盏盏煤气街灯下走过，嗅到了那家土耳其店铺里咖啡和甜圈饼的熟悉气味，然后远远看见了市政厅大楼高高的尖顶，还有旁边的伯利恒教堂。他照例捂嘴咳嗽了，咳到自己几乎头炸欲裂的时候，听到了钟楼上自鸣钟应时的当当敲响。

一辆马车摇摇晃晃窜下来，溅起街面积水并惊飞几只鸽子，引来某个临街阳台上的狗吠。他几乎绕过了老城广场。就在广场那边，赫然耸立的市政厅大楼上，人们再熟悉不过的四个人物塑像，分别象征这片土地上四类群体："欲望""虚荣""死亡""贪婪"，其中最不堪的"贪婪"当然派给了犹太人——卡夫卡恰恰就是这样一个。

散文、随笔历来有虚构的传统。《史记·刺客列传》中的“而死者果政也，伏尸哭极哀”“大呼天者三，卒于邑悲哀而死政之旁”，显然是虚构。这还是信史。因此，只要进入叙事，进入讲述，就是虚构之一种。但那时文体形式还是有大体界限的。而《渡口以及波西米亚》第二节的笔法应该是小说的笔法。从弗兰兹·卡夫卡的出现——走出了查理大学，斜插过小树林，经过印度人的餐馆，甚至闻到了土耳其店铺里咖啡和甜圈饼的气息，一直绕过了老城广场，都是韩少功的想象。如果再有个女郎或逃犯的出现，就是小说无疑了。韩少功想象中的卡夫卡，如此地细致，他不会落下哪怕一个微小的细节。一个人对什么人会如此地无微不至，如此地深情款款，那一定是他欣赏的人，敬重的人，崇拜的人。这个人就是卡夫卡。他们在精神气质上一定有契合之处。另一方面，我们在韩少功的笔下，也深切体会到了纵横自如天马行空写作的自由和通透。文无定法，韩少功写的不是教科书，随心所欲信笔由缰便也自成一格。

但是，韩少功还是忍不住和昆德拉一起反思了这座历史文化名城的性格，布拉格事件发生时——

> 文化蹂躏并不能驱退乡巴佬的坦克。布拉格这一次照例表现了足够的抗议、不合作、沉默与冷目、地下电台舆论战，但除了查理大学一个学生企图自焚抗议，辱国现实似乎仍未得到多少物理性的改变。这种情况竟一直持续到二十多年后苏联自行解体，多少有些沉闷。人们如果稍微把目光移开一下，就在同一个历史时期，同是被苏军侵占的国家，贫穷得多的阿富汗，既没多少科学也没多少工业的一个亚洲小国，却能坚持长达七年的游击战，仅凭借他们的头巾、赤脚、馕饼、肩扛火箭筒及一册《古兰经》，就打得外来的现代化强大军队灰头土脸，到处丢盔弃甲，最终被迫签约撤军而去——与之相比的布拉格是否少了点什么？①

这应该不只是对布拉格软弱性格的质疑或不满吧。在《个人主义正在危害个人》中，韩少功转述了这样一个故事——一些旅行者在南美洲森林边缘目睹过一幕：一次不慎失火，使荒火像一条红色的项链围向一个小山丘。一群

① 韩少功：《渡口以及波西米亚》，《人生忽然》第41页，湖南文艺出版社2021年10月版。

蚂蚁被火包围了，眼看黑压压的一片将葬身火海，甚至已在热浪中散发出灼伤的焦臭。突然，意料之外，这些无声的弱小生命并未坐以待毙，竟开始迅速行动，扭结成一团，形成一个黑色的蚁球，向河岸突然哗哗哗地滚去。穿越火浪的时候，蚁球不断迸放出外层蚂蚁被烧焦的爆裂声，但蚁球不见缩小。全靠烧焦的蚁尸至死也不离开自己的岗位，至死也相互紧紧勾连，直到整个蚁球最终冲下河流，在一片薄薄的烟雾中，赢得部分幸存者的成功突围。然后，他感慨万端：在这个蚁球前，人们也许会感慨万千，联想到人间的志士英烈，那些在灾难或战争面前曾经真实的赴汤蹈火，义无反顾，奋不顾身，惊天地泣鬼神。稍稍不同的是，作为一种高智能动物，能够打领带、读诗歌、订外卖的直立智人，可能还比不上蚂蚁那里的奇妙、敏捷、默契、团结一致，竟无任何懦夫和逃兵。[①]

对卡夫卡的想象和抒情没有妨碍他的理性思考。他的见识，使我想起了至今持久不衰的“历史文化散文”，这是一个重要的散文现象。我不能断定韩少功的《守住舞蹈的秘

① 韩少功：《个人主义正在危害个人》，《人生忽然》第168页，湖南文艺出版社2021年10月版。

密》和《渡口以及波西米亚》是否可以纳入“历史文化散文”的范畴进行讨论，但我明确感受到的是，他们讨论的国别、历史内容及时间跨度大不相同，但如何解释他们面对的历史和其间的人与事，在方法论上并无差别。但是，就见识和犀利而言高下立判，能够达到韩少功这类文章水准的凤毛麟角。

他的文集里还收有很多演讲。在他的演讲题目中，我发现韩少功有惊人的阅读量，他谈文学、谈艺术理所当然，他谈语言、谈音乐也很靠谱。关键是他还可以到各所大学谈生态、谈民族主义、谈赚钱、谈新科技、谈神学、谈人工智能等，涉及哲学与现实、精神与物欲、艺术与技术、善良与罪恶等等。目光所及无所不包，思想之强悍，逻辑之严密，语言之犀利，令人叹为观止。你可以不同意他的观点，但你要反驳他时却会感到为难。2021年，韩少功出版了他另一部散文随笔集《人生忽然》。他在分享会上做了这样的解释——

“忽”字在汉语里面有几种解释，一个是快，忽然就是快。我今年已经快70岁了，回头一想这个日子真的是过得快，所以忽然的这种感觉就是迎面扑来。第二，“忽”有一种恍惚。回头看很多的事情，随着时间流逝以后，有一些印象不确定、不清晰，有一种恍恍惚惚的感觉。第三种含义，“忽悠”。我们从事文学工作，文学有的时候在传达很多人生信息的时候也可能是一些花言巧语，把我们自己忽悠了，把读者给忽悠了，所以我们经常要反省，我们的写作是不是有问题，是不是哪儿给别的朋友、别的读者带来不好的影响，所以我们不要当一个“大忽悠”。

智者仁者才会“日三省吾身”，这是韩少功声音的一部分，也是韩少功形象的一部分。敢于做思想文化领域的“不合时宜者”需要勇气，更需要能力。这个能力不只是选择的能力，同时更是承受的能力。“逆行者”，不合时宜者，听不到掌声，看不到鲜花，更不要说人前人后前呼后拥了。2020年，我应《十月》杂志陈东捷主编的邀请，参加汨罗举办的“屈原文学奖”的评奖，并应邀作为颁奖嘉宾。在汨罗见到了韩少功。我们一起参观了汨罗正在发掘中的战国时期的罗国遗址，参加了文学研讨会，一起为获奖者颁奖。韩少功穿着一件风衣，吸着香烟，和汨罗的作家亲切地交谈着。他显得自然，诚恳，云淡风轻。时间的河流在20世纪已经流淌了五分之一。河流里百舸争流千帆竞发，热闹异常的各种事件不绝于耳又随风飘散。在河流的最深层，是时代优秀的大脑深邃的思考，没有浪花，没有涟漪，但他的声音却流淌在知情者的心里。

2021年12月6日于北京寓所

一种文体和两幅笔墨

——李敬泽为我们带来了什么

李敬泽的文学批评在作家那里获得了极高的评价和礼遇。我们知道，文学史和文学评论，对作家作品的评论最重要的是“合宜”。袁宏《后汉纪·顺帝纪》中说：“礼制修，奢僭息，事合宜，则无凶咎”；唐代著名诗人姚合《题凤翔西郭新亭》诗：“结构方殊绝，高低更合宜。”合宜就是合适、适中，不高不低，不偏不倚。合宜，说说简单，做到实在太难。特别在当下的批评风气中，大家宁高勿低，尽可能往“大”了说，往“高”了说。“大师”“经典”满天飞。作家、作品因随意“拔高”也早已“超标”。经常参加作家作品研讨会的人都知道，这是一个未被言说的秘密。当然，文学评论和文学史并不完全一样，文学史是盖棺论定，合宜最为重要。文学评论要切中要害、一语中的，但也要合宜。李敬泽的评论文章从某种意义上说，是尽可能“合宜”的。作家李洱有一篇文章《高眼慈心李敬泽》。他自己在夸赞李敬泽的同时，也没忘了转述毕飞宇的评价：“就我所知，他对毕飞宇的评论，被毕飞宇认为是少有的能切中要害的评论。在同代人中，毕飞宇已是个‘庞然大物’，其作品几近佛家所说的‘真俗不二’之境。这样的人，似乎是很难说谁一声好的。前年秋天，在南京秦淮河畔的一家茶馆里，毕飞宇嚼着爆米花，敛住笑，对我说，你想不到李敬泽的哪段文字会一下子击中你，让你不得不停下来想一会儿。”一个批评家能得到作家这样的评价，让批评家同行感慨万端拍案叫绝。按说，李敬泽因批评文字闻名——天下谁人不识君。他的批评文字与学院学术建制没有关系。于是圈内人称那是“敬泽体”。

不在学院学术体制内，使李敬泽的文学批评获得了极大的自由。他可以天马行空随心所欲。他凭着敏锐的艺术感觉触角，只需几句话便鸣金收兵。他的文章大多短制，很少长篇大论。其实，批评家大体相似，真的有见地的话、言之有物的话大概没有多少。另一方面，不在学院学术体制内，李敬泽也有了选择读书的自由。他有一本影响很大的书《小春秋》。《小春秋》涉及的几乎都是中国古典文献，经史子集四部都有涉猎。除了四部之外，他对古代诗词、话本、戏剧等，都有一定的阅读和研究。《小春秋》序言中，他引李商隐《碧城》诗："星沉海底当窗见，雨过河源隔座看。"然后说："义山诗中有大寂寞，是一个人的，是岁月天地的。"这种对古典文献的感悟以及将感悟作为方法，是李敬泽评论文体的来路。他坚持数十年读中国古典文献，终于将自己的文章和文字也纳入这个谱系中——他对本土的经典文献，真是读出了味道。他给流行的、强大的学院批评带来了另外一个参照：来自本土文化资源的批评，才有可能与强势文化国家构成对话关系。许多年前，李敬泽在读古典文献的同时，也在探究另外一种可能。于是他写了《看来看去或秘密交流》，这部著作成了毕飞宇时不时要翻阅一下的"枕边书"。许多年后，李敬泽经过修订又增加三篇文章，一时成了洛阳纸贵的《青鸟故事集》。在谈及它的写作时，李敬泽说："这肯定不是学术作品，我从未想过遵守任何学术规范。"我困惑的是，为什么在封建专制社会完成的古典文献，李敬泽竟读出了文章写作的自由并极大地激发了他的幻想。封建专制社会与自由的文体，这不同的系统是如何被他装置结合在一起的？

《青鸟故事集》，说它是随笔、散文、文化评论都未尝不可。这一“无可无不可”，也从一个方面表明李敬泽“作品”的特殊性：它是“文无定法”的产物，是一个作家随心所欲、获得写作自由的产物。看《青鸟故事集》方知李敬泽读书的“方法”，他是“读无定法”。李敬泽读书应该是兴之所至，古今中外无所不读。但是，如果认为《青鸟故事集》就是读杂书读出来的那也未必。那里显然隐含着他通过当下的比照，重新认知了历史或过去。他说：“那些发生于前台，被历史剧的灯光照亮的事件和人物其实并不重要，在百年、千年的时间尺度上，真正重要的是浩大人群在黑暗中无意识的涌动，是无数无名个人的平凡生活：他们的衣食住行，他们的信念、智慧、勇气和灵感，当然还有他们的贪婪和愚蠢。历史的面貌、历史的秘密就在这些最微小的基因中被编定，一切都由此形成，引人注目的人与事不过是水上浮沫。”于是，在蛛丝马迹、断简残编中，他有了一个大发现，这就是：思想观念不是生活观念，生活观念要远远大于思想观念。历史舞台刀光剑影江山易主，但百姓的生活习性、习俗、风情风物没有变。生活观念远比我们想象的顽固。在《静看鱼忙》中，他写一个葡萄牙人，这人不看桂林山水，专看鱼鹰捕鱼。几百年过去了，现在去桂林还可看见鱼鹰捕鱼。在《布谢的银树》中，他写丝绸是一种比金子还金贵的精神，“它教会了罗马人很多东西，他们由此体会着什么是轻，什么是细，什么是柔，什么是华丽，什么是梦一般、烟雨一般的颓废。通过丝绸，他们接受了一种生活情调和生活哲学，他们对此心醉神迷。”罗马人心醉神迷的显然不是中世纪帝国的王权和后宫。类似的细节在《青鸟故事集》中俯拾皆是。李敬泽通过历史的细节发现了大历史书写之外的另一条路径——历史也可以这样叙述。这一如法拉第在《蜡烛的化学史》中说，不管你观察什么，只要你观察得足够仔细，你就会涉及整个宇宙。

今年出版的《会饮记》，还是文无定法、汪洋恣肆。他写作姿态没有变，对写作自由的理解没有变。十二篇作品，场景和人物各有不同，《银肺》中的北师大课堂、苏州诚品书店；《坐井》中被囚的宋徽宗；《鹦鹉》中的袁克定；《考古》中的范仲淹；《杂剧》中的阿列克谢耶维奇；等等。这些作品因写到历史人物，必然要有与历史的瓜葛。但在《邮局》中，他通过参观西贡的邮局，想到了巴黎的“大邮局”和加缪，以及1971年读到的《南方来信》。他说的是历史，但也是现实。抑或说，他是站在今天说过去，是今天的思想和观念照亮了他的记忆。文章开头写到越南作家和那场欢迎晚宴，语言和情绪不露痕迹，但其间的一言难尽，多少也有些反讽的味道吧。

李敬泽又是一个“高傲”的人。毕飞宇说：“我可以负责任地说，他的文本一直‘好看’，你永远也读不到他公开发表的、署名的、敷衍的文字。在私底下，在夜深人静的时刻，每当听他说起‘难看’的文本和‘难看’的语言时，他鄙夷的神情真的能杀人。关于文本，千万不要相信李敬泽的‘宽容’。他这样的人怎么可能‘宽容’？——他的‘宽容’来自他的身份和职业，绝不是他本人。”当然，李敬泽对年轻作家还是“包容”，在年轻作家身上他看到了文学的未来。经他发现或提携的青年作家，可以列出长长的名单。

他说：我压根儿就没有想当一个批评家，30岁以前我都没怎么正儿八经地写过评论文章。一个人30岁以前可做的事情是很多的——谈恋爱、喝酒、看闲书，为什么非要那什么呢，是吧？“我基本上就是一个享乐主义者，批评是由此衍生出来的东西，直到现在我也认为，我的理想还是做一个无所事事的读者，而不是读一本书就要想着我怎么写批评文章。”文人李敬泽，除了开会在主席台上“正襟危坐”之外，私下里放松从容随心所欲。起码表面上，他还有那么一种慵懒甚至“颓废”的样子——尽管他经常变换脖颈上的围巾。他是一个“慢”的人，他的人生状态，与那些想尽快出人头地暴得大名的文学中人不大一样。我想，李敬泽带给我们的，就是文章写作的自由，飞翔，冲破所有关于文学写作的藩篱，他用破除所有规范成为文章没有边界的实践者。但是，这一切的获得，除了才华，就是读书、积累和思考。他的评论和文章都是这样的示范。

原载《解放日报》2019年2月1日

思想之光与趣味之魅

——评南帆的散文创作

我曾为《当代作家评论》主持过“当代文学批评家研究”栏目，其中有南帆一辑。刊有我写南帆的评论——《理论、经验与日常生活——南帆的文学批评实践和生活趣味》一文，原本是讨论他在文学理论和文学批评上的贡献——他的身份毕竟是文学研究者和大学教授。但是，文章写出后，发现大部分文字是评论他散文的，行文完全是一种无意识的行为。这当然不是与我对当下的“文学理论”怀有“偏见”有关。当然，在我看来，作为一个学科的文学理论，与20世纪80年代比较，其影响力已大大降低。其原因就在于，80年代的文学理论，密切结合文学创作实践，及时表达那个时代热气蒸腾蓬勃发展的文学创作现场——那时的理论家，不只是有热情，更有胆识。现在的文学理论，高深则高深，深奥则深奥，但这些理论的操持者，基本是站在云端说话，他们表达的文字与文学几乎没有关系。既然理论与现实和文学无关，那我们完全可以看作与我们无关。但是，作为批评家的南帆，终还不同。他大部分理论著作或者批评著作，并非是向着天空说话，而与现实有关。以我个人的猜度，这既与南帆对文学理论的理解有关，同时也与他的散文创作有极大的关系。散文创作决定了作者的目光必须是具体的，作家必须面对丰富又生动的现实生活，这与理论思维有极大的差异。久而久之，这一思维方式应该有意无意地影响了他的理论思维和视角。当然，这是另外一个话题，这里按下不表。

在谈到南帆散文成就的时候——那时，我没有系统读完他的散文，但他的《马江半小时》、《关于我父母的一切》和《历史盲肠》等三部作品，给我留下了深刻印象。三部作品分别是国族叙事、家族叙事和个人叙事。三种叙事不只反映了南帆散文创作内容和视角的变化，更重要的是，“这三部散文作品内容不同，讲述方式不同，但它们有一个共同的特点，就是国族、家族和个人的历史中都隐含着南帆超越于具体历史事件的大关怀和大悲悯。他的眼光会透过历史的烟云投射于更遥远的方向。因此，南帆的散文有格局，有气象，有中国文学的抒情传统，也有趣味盎然的细节、典雅正大的修辞；更重要的是他的情怀、眼光和学养”[①]。后来，南帆寄来了他皇皇七大卷名曰“理趣之光”的散文文集：包括《谈天说地》、《书斋时光》、《闲常之趣》、《哲思与想象》、《记忆之渊》、《历史抛物线》及尚在付印之中的《村庄笔记》打印本，还有他尚未收到集子里的零散篇章——这巨大的数量，足以证实南帆在散文创作中投入的巨大精力，在震惊之余我深感钦佩：在同代的学者中，南帆的确是一位既有理论贡献，又在创作实践中取得了卓越成就的学人。他先后获得鲁迅文学奖理论评论奖和散文奖，足以说明他的成就。读过这皇皇七大卷散文之后，头脑倏然闪过的，南帆是当代散文创作的庞然大物。这个庞然大物不只是说他散文创作的体量，更是指他思想精神的广袤时空。

---

① 孟繁华：《理论、经验与日常生活——南帆的文学批评实践与生活趣味》，《当代作家评论》2019年第2期。

南帆的这七卷散文，已经为我们做了大致的分类：书斋、回忆、哲思、历史、闲常、闲聊及乡村。这个分类一方面大致表达了南帆散文创作的“时空识别区”，或者说，这大约是他的生活经验和精神活动区域；另一方面，也表达或反映了南帆对散文文体未做宣告的理解。在古代，文乃“经国之大业，不朽之盛事”，这个“文”不只是文学，同时也是包括各种应用文体在内的散文，特别是表、说、记、铭、序、辩、传、诏八大文体。这些文体，“记”，古时也是公文的一种，如奏记。上古时代的“记”，最开始是一种记录圣贤之言、记载学者对经书的解释的实用文章，“记”即“‘录’成文”“‘载’于册”。“记”的渊源可以追溯到《礼记·学记》。原本是据实载录的实用文的文体，后来变成了文学作品——散文。是“古文运动”，让“记”从“录言载事”的实用文进化到抒我心迹、遣我情怀而“记游记事”的文艺文，演变为有一定的描述对象、有一定的表达方式、有一定的文体格局与风范的散文。比如《小石潭记》《醉翁亭记》《岳阳楼记》等。其他文体虽然不是全部，但大多与经世治国、不朽盛事有关。至于涵盖小说的传状类，是四部不列士人不齿的。进入现代之后，受西方文学观念的影响，白话散文另起一行，既讲经国大业，也说日常生活。而且周作人、郁达夫、丰子恺、梁实秋一直到汪曾祺、张中行等，对“闲适”一路多有青睐，饮食男女、家长里短、吃茶饮酒、居家旅行等皆可入文，并乐此不疲兴致盎然。以至于在八九十年代之交，启蒙话语受挫之后，“闲适小品”作为一种填充文学真空的替代物，又大大地风光了一阵。

但是，纵观南帆的散文创作，我的总的感觉是，他深受中国传统文化影响，也非常熟悉西方的文学观念和散文路数。但他的创作实践意在说明，他既不是传统的，也不是西方的，他是现代的。他改造了既有的散文写作模式，一种随心所欲心至笔至的自由，构成了他散文的基本面貌。当然，他有自己的选择和边界。系列散文用“理趣之光”命名，从一个方面表达了他的自我期待和趣味。理性是一个批评家的基本素养，这一素养也影响或规约了南帆的散文创作；但散文作为一种文学体式，文学性应该更重要。如何体现文学性见仁见智，在南帆这里，别具一格，好看、会心——有理有趣，既是他散文的创作理念，也是他行文的自我暗示和具体实践。

《哲思与想象》，是一本极为独特的散文集。这是体现南帆散文思想之光风格的代表作。从作品的题目看——《现代人》、《生命在别处》、《概念生活》、《寓所的矛盾》、《镜中之像》、《可以删除文科吗》、《我们的语言生活》及“论××”等，这些题目应该是论文题目吧，但它们明确无误是南帆的散文。在《现代人》中，南帆说：

> 优美的古典时代已经逝去。古典的服饰仪容、常用词汇、消费方式和交际礼节均已变成尘封已久的过时之物。古典失去了高贵的意味而成为一个遭受鄙夷的年份。当然，没有人愿意说明“古典”指的是公元前还是维多利亚时代，是唐宋年间还是20世纪50年代。在日常用语中，“古典”毋宁说是不合时宜的别名。古典的对立面是现代。“现代人”是一个令人自豪的美称。“现代”是一个由时尚组成的花花世界。古典的遗物正在无望地挣扎于时尚的波涛之中，等待最后的沉没。[①]

南帆波澜不惊从容客观地描绘或讲述着“现代”，没有

① 南帆：《现代人》，《哲思与想象》第3页，福建教育出版社2020年9月版。

激愤的修辞，也没有溢于言表的夸张。但他的讲述隐含着他的立场和态度。于是，他是带着他的立场和态度进入“现代”的——“现代社会充满了陌生的挑战，各种思想毋宁说是人们与现代社会相互磨合的症候。很大程度上，可以将思想含量的增加视为现代社会赋予散文的特殊风格。”[①]因此，南帆对现代的介入，我们可以理解为一个散文家对当下生活的关注，也可以理解为他的创作的时代性。他在同一篇文章中说，“也许，现在是散文直面现代社会的时刻。如果说，小说的情节叙事已经与现今生活的诡异多变不谋而合，那么，散文再也不能持续地对当今的各种丰盛景观缄默不言。之所以使用‘景观’一词，借用的是法国学者居伊·德波的术语——他将现代世界形容为‘景观社会’。不论多大程度地接受居伊-德波的批判性观念，人们至少意识到，景观正在重构现代生存空间。从琳琅满目的商品、街道两旁的玻璃幕墙、流线型的高速列车到耀眼的LED广告屏幕、电视直播的滚动新闻、互联网上形形色色的图片和视频，人们的意识已经陷入缤纷的景观包围。如果散文无法

① 南帆：《散文与现代感》，《人民日报海外版》2018年8月29日。

正视及表述这些景观，现代社会的庞大身影只能徘徊于这个文体之外”[①]。现代、现代化、现代性乃至后现代等概念，是当下学界使用频率最广泛的概念。或者说，如果没有这些概念，当下学术几乎是难以为继的。学者使用这些前现代不曾出现的术语，豪情万丈地谈论着与当下社会相关的诸种问题，以及衍生出来的各种观念、时尚或南帆所说的“景观”，它们相互纠缠也相互搏斗，推动着这个“现代”向不知所终的方向发展。人们或者兴高采烈，或者迷茫徘徊，或者喜忧参半犹豫不决，“现代”创造了前所未有的物质奇迹和享乐的各种方式和可能，同时也制造了前所未有的“现代困局”。

南帆作为一个现代学者，他亲历着这个时代的生活，但他不是过客，他同时是这个表面上热气蒸腾时代的观察者和勘探师。他通过生活中的各种表象和纹理，深入其中试图讨论和探明更深层的问题。我们遭遇“现代”已久，“现代”的问题也日益得以暴露。作为一个学者、作家和知识分子，他对“现代”的解析和质疑，就不能看作是一种信笔由

① 南帆：《散文与现代感》，《人民日报海外版》2018年8月29日。

缰的写作行为，他显然是有意为之。

于是，在南帆的笔下，与人相关的各种“景观”——面容、姓名、盛名、证件、记忆、寓所、家庭、科学、包装，以及电视、电话谣言、语言、话语、日记、广告、斗殴、吸烟、化妆、赌博、跳舞等，皆可入文。这是现代日常生活寻常的场景，我们司空见惯耳熟能详。但是一经南帆的表达，这些寻常事物竟波澜突起，那里隐含了一个知识分子作家的隐忧或不安。从物质到精神，“现代”正消费着一切，于是，他也油然而生了对某些“不变”的肯定，诸如对浪漫、天真、远方的来信等陈旧纯情纯真事物的流连。浪漫是什么——

> 浪漫是一种不同凡响的情韵。有时候，浪漫意味了一个大动作。它可能是一次环球旅行，可能是一个气势磅礴的艺术构思，也可能是一场不是为了婚姻的爱情；更多的时候，浪漫仅仅是一个细节或者一个插曲。浪漫可能是一个迂夫子节日里送来的一枝玫瑰，浪漫可能是豪雨之中的独自漫步，浪漫可能是台风登陆之际的海滨观涛，浪漫还可能是不顾妻子的脸色倾

囊而出，在一间小酒馆里请三五好友大啖一顿。其实，浪漫时时蛰伏在我们周围，唾手可得。[1]

但遗憾的是，“浪漫的人还是少——似乎越来越少。”在消费主义时代，诗意的流失让生活了无趣味，在“枯燥的日子里，浪漫的人为自己制造一些奇迹，有时在心里，有时在现实之中”[2]。人心不古，人性不浪漫的慨叹溢于言表。

孙绍振先生在评价南帆散文时说：“中国当代散文艺术积累最为雄厚的是抒情和幽默，南帆却不屑于抒情和幽默。他的散文以反抒情的冷峻见长；他虽然不乏幽默，但是在他的散文中，只是偶尔为之的点缀。他的风格特征是学者的智性。智性的抽象与审美感性的矛盾，是当代学者散文的一大难点。南帆主要用两种方法达到智性向感性的转化：第一，是依靠感性话语的重构，向智性深化。第二，表面上是智性的分析，深层却贯穿着情绪性很强的、片面而深

① 南帆：《浪漫的人》，《哲思与想象》第9页，福建教育出版社2020年9月版。

② 南帆：《浪漫的人》，《哲思与想象》第9页，福建教育出版社2020年9月版。

刻的逻辑，这种逻辑介于智性与情感之间，更接近于情感，又不完全是感性的，故称之为亚审美逻辑。”①

读南帆的这类散文，特别容易联想到本雅明的《发达资本主义时代的抒情诗人》。波德莱尔对19世纪中期巴黎的现代性体验的考察深深吸引了本雅明的目光，从这个被资本主义商品世界异化了的抒情诗人的目光出发，本雅明希望能重新阅读处于资本主义工业革命初期的巴黎。在书中，本雅明与波德莱尔一起对第二帝国时期的巴黎“渐次熄灭的煤气灯、把人固定在土地上的住房牌号、日渐堕落成商品生产者的专栏作家”发出挽歌式的哀叹，一起作为“城市的闲逛者”躲在人群里注视着这个嘈杂的商品物质世界，一起对急剧变化的社会现实发出“震惊”的慨叹，同时也理性而忧郁地击碎了波德莱尔的现代主义英雄之梦。本雅明独特的视角、细致的观察和内心的敏锐，使得这部构筑在浩瀚的引文之上的辉煌之作更多了一份诗意的绵长。本雅明以寓言与隐喻表现其奇特的风格，以特有的飘忽不定的线条勾勒了“文人”的轮廓，并以一种叙事的一致性，描

① 孙绍振:《审智散文中的亚审美逻辑——南帆散文研究之一》,《福建师范大学学报（哲学社会科学版）》2000年第3期。

述一个又一个隐喻的形象：游荡者、密谋者、游手好闲者、诗人、拾荒者、醉汉、人群、商品……使他的主题在寓意的高度上清晰地呈现。本雅明认为，由于波德莱尔，巴黎第一次成为抒情诗的主题。本雅明致力于展现形成这种天才的背景，他将诗和理论混合在一起，探究19世纪巴黎的城市表象文化的各个要素——拱廊街商场、世界博览会等，揭示这种梦幻在现代社会里呈现的另一面，亦即“反讽的乌托邦”，这显示了本雅明将历史唯物主义与现代主义结合起来的倾向。不同的是，波德莱尔是发达资本主义时代的抒情诗人，而南帆是后现代性国家的观察家和勘探师；相同的是，他们都对正在发生巨变的现实生活充满了观察的热忱，并记录下他们的思考。

《哲思与想象》是被思想之光烛照的产物。七大卷文集中，相似的有《记忆之渊》、《历史抛物线》和《村庄笔记》。前两部与历史“大叙事”有关，我曾有过简略的评论，这里不赘。而我更感兴趣的可能是尚在印刷中的《村庄笔记》。这是应《雨花》杂志主编朱辉之约的专栏作品，杂志发表时曾陆续读过。与“乡下”“农村”“山乡”“山村”等命名相比，“村庄”似乎更多了一份诗意，平添些许俭朴、恬静和岁月静好。当年《沙家浜》中的指导员郭建光曾有一段唱腔：“月照征途风送爽，穿过了多少山和水、沉睡的村庄。”于是，心中的革命激情风驰电掣，被穿越的村庄月明风清，革命就这样与诗意和风流结合在一起。村庄——这个大地上的普通符号，给一代青年带来了无限的想象。曾经有过“知青”经历的南帆，对经历了四十年风雨之后的“村庄”，会有哪些新的慨叹和认知？如果说《哲思与想象》等是在“形上”层面与现实对话的话，那么《村庄笔记》无疑是站在大地之上与现实的对话。在自序中，南帆说：

> 环顾左右，下乡插队是许多同龄人乡村经验的共同来源。更大范围内，乡村构成20世纪知识分子的一个特殊的情结。许多知识分子与乡村具有千丝万缕的复杂纠葛。他们渴求新知，投身各种社会运动，曾经踌躇满志，也曾经遭遇重大挫折。然而，无论走出多远，乡村始终是他们的一个潜在的精神轴心。知识分子时常觉得，广袤的大地和辛劳的农民养育了他们。尽管置身城市，出入种种文化场所，他们仍然熟悉乡村，关注乡村，对于挣扎在重压之下的农民深为同情，

以启蒙者的姿态号召农民挺起脊梁，反抗一切剥削和压迫，从而点燃乡村的革命火焰。陷入政治困厄的时候，这些知识分子又从城市星星点点地散落到乡村，接受农民的教育、改造和监督，反省各种自以为是的精神痼疾。如今看来，知识分子下放乡村既是一种惩戒，也是一种重返民间的社会调查。多年之后，知识分子摆脱了生存危机以及被歧视、胆战心惊和委屈情绪，另一种收获逐渐显露出来：由于脚踏大地，手执锄头与镰刀，与农民嘘寒问暖，他们不知不觉地穿过了那个时代一套流行辞藻组成的帷幕，亲眼见到了一个真实的乡村。[①]

这一描述对“知青”一代而言，具有“总体性”的概括。它意在表明，这代人与农民、土地和村庄，有着天然的亲和力，有着不解之缘。在曾经的教育中，乡村是中国革命的母体，它孕育了革命，也成就了革命，没有广大的乡村，就没有中国革命的今天。因此，青年时代对乡村的想象与

① 南帆：《村庄笔记》自序，《书城》2020年第5期。

对中国革命的想象自然地联系在一起。当然也与我们接受的阅读有关，比如书中提到的《暴风骤雨》《三里湾》《红旗谱》《创业史》《艳阳天》《金光大道》等。但是，几十年过去之后，没有料到的是，“与‘土地’联系在一起的众多词汇都在贬值。山脉，田野，森林，河流——当然还有村庄。所有的人都明白，土地膜拜过时了。当今世界的头版位置是留给硅谷、华尔街或者石油输出国这些地方的，历史提速的动力来自金融家的资本运作，来自那些著名实验室提供的玄妙结论，或者来自所谓的信息，而泥土里长出来的庄稼已经端不上台面了”。世界变化之快，超出任何人的想象。但是，有趣的是，那些勉强乘上时代末班车进城打工的农民工们，“他们宁可一堆一堆地坐在人行道上打扑克也不愿意回去。如同当年知识分子纷纷逃离城市，现在是农民逃离土地的时刻。一排排的农舍里只剩下老人和孩子，空寂的村庄渐渐丧失了生气”。村庄的“空心化”，是变革时期最令人惊心动魄的场景。那些不同村庄曾经拥有的文化，正在典当给各行各业，无声沦陷的，是我们自以为固若金汤的乡土文明。在“现代”的冲击下，乡土文明的脆弱几乎不堪一击。

但是，村庄绝对是我们怀旧或凭吊的好去处。无论是月洲村还是五夫里，无论是林浦村还是赵家堡，这些偏居一隅，藏在深山老林褶皱里的村庄，有幸免于“现代”的碾轧而得以保存完好——

> 五夫里遗存许多古老的牌坊或者大宅子，例如连氏节孝坊、三市街牌坊、刘氏宗祠，还有兴贤书院。兴贤书院门楼两侧的所有屋檐无不向上扬起，犹如一只展翅欲飞的大鸟。牌坊或者大宅子的许多砖雕纹饰繁复，图案密集，可以细细地观摩品味，只不过转身离开几步就忘了。令人难忘的是那几棵八百多年的老樟树，舒展的树枝托起一个偌大的树冠，洋洋洒洒地遮住了一大片天空。当然，难忘的另一个原因是，这几棵老樟树是当年朱熹亲手种植的。[①]

在中国，这当然是特殊的“村庄”，这样的村庄不是与世隔绝的，它们完全是敞开的：它们向历史敞开，向现实敞

---

① 南帆：《山高水远五夫里》，《上海文学》2020年第1期。

开，当然也向未来敞开。这是那些创造历史并被历史书写的文化巨人的故里。他们是我们的骄傲，是我们与历史建立关系的桥梁。因此，呼啸而来的“现代”并非碾轧一切，它选择了可以证实“现代”是“文明之师”的“物证材料”。我看到，南帆《村庄笔记》书写的虽然是地上的事物，但他心有挂碍的仍然是传统与现代、城市与乡村的交融或矛盾的问题。知识分子的身份一经笔端便涓涓流淌。

南帆的另一类散文——《谈天说地》《闲常之趣》《书斋时光》等，有晚明小品或现代白话散文如周作人、梁实秋、梁遇春、丰子恺、王力一直到汪曾祺、张中行等的遗风流韵。好看，好玩，讲求趣味，是这类文章的一大特点。写这类文章的，一定是可爱有趣的人。南帆有正大的一面，但南帆的另一面是可爱和有趣，有趣的人才有意思。但从这个谱系来说，南帆也未必“根红苗正”。现代闲适散文一路，在20世纪90年代再度兴起，隐含着鲜明的社会生活内容。民众的闲适趣味，明确地体现它的消费性，而忽略或对现代闲适潮复杂的文化背景不甚了了。于现代闲适大师们来说，那表面上的平静如水，不仅仅意味着他们对云淡风轻的闲适趣味情有独钟，或仅仅是对一种超然的古典境界的向往。周作人在五四时期是新文化运动的重要人物，他寄希望“思想革命”的内心冲动是相当激进的。即便是今天，我们重读他当年的《人的文学》、《平民文学》或标志新诗成熟的诗作《小河》时，依稀能感受到他的热烈的青春气息。但不久他便发现了启蒙的无望。他认为在苦海中挣扎，不如苦中作乐。他也曾想“说几句舒服舒服”，可一旦发现祸从口出反而更不舒服时，就去寻“做哑巴”的乐趣了。类似周作人的这种“进”与“退”、“达”与“穷”、“出”与“入”的思想矛盾，是中国知识分子面临的最现实、最基本的矛盾。传统文人在这一矛盾面前的犹疑、徘徊和煎熬般的痛苦，毫无遗留地馈赠给了他们的传人。但无论是古代或现代，知识分子的急流勇退，认识到自身的有限性而沉迷于山林茶庵，大都是经历了大的困顿之后，不得不如此。因此，南帆的这类散文还是“旁逸斜出”另起一行。他的这类散文貌似“闲适”或无关宏旨，但只要切入正题，批判之剑一定要出鞘。比如《满街皆是美女》——这是男性永远兴致盎然长议不衰的话题。南帆的议论是：“美貌的能量必定要制造一些生活的波澜，一批男人开始闻风而动。如果美女远在天边，仅供翘首仰望或者遥遥地想象，那么，一个个男人君子风度，侠义心肠，如同崇拜真理一样崇拜美。据说一些男人曾经激烈地争论林黛玉漂亮还是薛宝钗可爱，并且挥起老拳打得不可开交。然而，一旦活生生的美女涌入男人的势力范围，他们就开始俗了。男人不再形而上学地静观闭月羞花之貌，而是一门心思地谋划如何将她们搞到手。那些稍有身价的男人多喝了两杯，酒席之间长吁短叹的内容就是结婚太早了。”美女爱英雄，美女爱风流才子。美女都生活在诗文里。但那是过去，时过境迁之后，还有几个美女会将水汪汪的大眼睛投向瘦骨嶙峋的诗人？因此，南帆即便是在“谈天说地”，说“闲常之趣”，但他必有深意焉。还有一点值得注意的是，历史上的“闲适”一路，总是隐含着作者“进退”“居处”的矛盾或犹疑。但南帆的入世态度是鲜明的，他积极、进取的入世态度与功名无关，那是一个现代知识分子面对当下世界的主动选择。当然，南帆的文章也未必都是“夜不能寐”的忧国忧民之作。比如他写打球、下棋、武林、校园、读书等的那些篇什，还是有超然度外纯粹出于兴趣的。

思想之光和趣味之魅，是对南帆散文创作的一种概括而已。任何概括都是以牺牲其他方面为代价的。但是，这两个方面也确实凸显了南帆散文的整体特点，那就是他与“现代”生活对话的强烈欲望。置身其间，他的话语之流奔涌无碍。理论家的思辨和好奇、天真的个人性格，成就了他别具一格的散文风格。实事求是地说，我喜欢南帆式的正大、有深度的质疑或发问，那些具有思想之光的篇章，某种意义上代表了当下散文的思想高度；而那些写个人趣味的作品，也因体现着个人的精神魅力而令人兴致盎然。这个集下棋、打球、写字、散打、写论文以及做官于一身的“跨界通才”，就这样在散文领域独树一帜。

原载《小说评论》2021年第1期

深情和敬意：历史的关切　文学的再现

——评陈福民的历史文化散文《北纬四十度》

一段时间里，福民经常驾车从北京出发一路向西。回来后，他绘声绘色地描述他的见闻，并鼓动我等随他一起出行。我和其他朋友并不知道他在做什么，以为福民正在践行读万卷书不如行万里路，或者像阿庆一样就是"脚野"，喜欢独自驾车出游而已。事实是，他的出游是有目的的，他是为"北纬四十度"的写作做准备。在我的印象里，福民从来没有为写作如此费心劳神。他是一个散淡的人，好读书，读好书，但对写作并不积极。而且他拿得起放得下，写出来就写，写不出来就走。随便你们怎么样——其实真没怎么样，地球照样转，太阳照样升起。但这次福民真是不一样了——他一次次出门远行，风尘仆仆乐此不疲，想必对“但使龙城飞将在，不教胡马度阴山”“千里黄云白日曛，北风吹雁雪纷纷”“将军金甲夜不脱，半夜军行戈相拨，风头如刀面如割”等边塞情家国志，有更深切的体会。还可以想象的是，一个热爱历史科学的文学研究者，终于有一天可以在G6公路上纵横北中国，心无挂碍地行走在北纬四十度，他是何等快意。

北纬四十度是一个伟大的纬度，它穿过中国的政区有：新疆维吾尔自治区、甘肃省、内蒙古自治区、山西省、河北省、北京市、天津市、辽宁省；穿过重要的地理形态有：塔里木盆地、罗布泊、河西走廊、内蒙古高原、河套平原、华北平原、辽东丘陵等，那是中国最壮丽的山河。在这条纬度上如果向两边望去，还有世界上最有权势的国际大都市：罗马、马德里、伊斯坦布尔、安卡拉、北京、华盛顿、纽约、东京、首尔等。但是，此时的福民毕竟不是一个悠闲的游客，更不是来摅怀旧之蓄念，发思古之幽情。G6公路两侧，蓝天白云下，风吹草低见牛羊，他心情大好也心事重重：关于这个伟大的纬度，牵扯出来的何止是悠长的时空，同时还有“一个文化历史概念”，那里还有盘旋千年时空中的愁云和不解，还有诸多有价值、有说服力和隐秘的历史细节未被发现或提及。因此，他要创作的文本与时下流行的“爽文”一定无涉。面对想象中的几千年，他满怀深情和敬意探究的，是他历史的关切，并且要用文学的方式再现它——这才是他踽踽独行在北纬四十度的真实目的。终于有一天，福民发来了邮件——

2017年9月22日　16点16分

孟兄：文章送上。不着急，你慢慢看，一定要多提意见！因为我还得继续。

2017年9月23日　8点37分

福民：一篇读罢头飞雪！真是酣畅淋漓，过瘾。文章纵横捭阖信马由缰，抒情处，如群山扑面，讲史时，委婉道来温润如玉。真是好文章。我唯一觉得问题是，知识过密，有些段落密不透风。其实可以稀释一下，用平常语言化解。你觉得不是问题的知识性问题，读者没办法接受。我读到那些历史知识时都云里雾里，何况一般读者。因此，我看你还是在赵武灵王这个人上用力，而尽量少用枝蔓出去的知识。那么一个活色生香的人物，应该让他驰骋飞翔起来，动用更多的想象力。不知以为然否。

2017年9月23日　10点25分

孟兄：你所指出的两个问题，都是中的之论！第一个问题是我没意识到的，第二个我则事前有所考虑，但没有想得很清楚。

第一个，关于“不是问题的知识性问题”，这个我真的没有意识到。因为我泡在这些材料里太久了，如此行文叙述出来在我这里都是“自明”的，但正如你所说，密度太大而不自知，缺乏必要的交代还以为平常。于我，并无炫学之主观意图，但客观上，造成了接受上的诸多知识前提是不清楚的，且显知识“枝蔓”。对这个问题，我将在今后写作中寻找恰当的“稀释”方式。

第二个，动笔之前我也在考虑如何切入，以及以什么做支点去结构。这在实质上涉及文章作法，是个很关键的分歧点。赵武灵王的材料，基本都在《史记》与《战国策》里，如果以人物为写作支点，想来文章是另外一种作法。对此，我没有思想准备。同时，在理念上我比较有意识地回避余秋雨式的过度想象与抒情，想让文章结实、沉稳一些。宁可沉闷也不轻飘。但是，飞扬起来并不必然产生轻飘，这是个文章功夫问题，如果能老辣一些，以人物做支点也是可以写好的。或许，将来有机会，我真的会为赵武灵王单写一篇。

总之谢谢孟兄鼓励和指点。我加油！

福民：这可能还是文体问题：毕竟是历史文化散文，还不是纠正通说的严整历史学论文。因此，主体性要大于客观性。现在客观性——材料多了些。是不是这样我也说不太好。总之，文章现在这样发表肯定是好文章了。但我对你有更高期待，希望一篇盖当下，孤篇横绝。

孟兄：所言甚是！历史文化散文毕竟属于文学而非史学，这是个绝对要点。只是“主体性”如何呈现才更为恰当，如何处理史学之准确与文学之情怀的关系，比较难。第一篇我也没经验，且才力不足。至于匡正通说，是个很急切的愿望，却也不敢过度。毛泽东一生都致力于纠正人们关于秦始皇的“通说”，以君主之权威、国家机器之功用，最终还是败给汉代儒生以来的文人“集体无意识”，咱们也就是敲敲边鼓，从点滴做起吧。正如肥义与赵武灵王讨论时所说“论至德者不合于俗。成大功者不谋于众”，“俗”与“众”是相当要命的！这也是鲁迅一生都痛苦的事情。

文章材料我要再斟酌梳理和剪裁一下，试试看。

2017年10月7日　15点20分

孟兄：遵嘱寄上改定稿。题目也改了，但基本没大动作。这次要请兄用力“挑刺”，然后我可能最后定稿，给编辑了。

2017年10月18日　17点45分

孟兄：第一篇已经大致结稿，你标红的地方已经删除。

第二篇来了。这段时间我还算用功，写得很积极，但越写问题越多。有些问题很可能自己意识不到。

福民：再读一遍，感觉不一样。可能与这些天间或讨论有关，有亲近感，不再遥远和隔膜。文章绝对有气势，有新意，是文学性的文章。我的建议是，题目再考虑一下，现在所指不大明确，是赵武灵王还是作者？你当然是指赵武灵王。于文中内容来说，题目过于白话，有些轻，压不住内容。而且红柯用过，他的一部长篇小说就是《西去的骑手》；再一个即是下面这些文字去掉，这些文字是讲稿用的，在文章里一下子就掉下去了：

这事儿在后面会讲到。在讲述“胡服骑射”之前，我们有必要简单了解一些历史地理的概念，并据此面对和解决一些疑惑。

还有一个建议，就是给大刊物，比如《十月》《收获》之类，可以专栏，两个月一篇。也逼着你写下去。

2018年3月15日　20点51分

孟兄：发去新写的一篇。还请孟兄给看看。感觉越来越难写了。

福民：文章总体还是非常好，质量没有下滑降低，写作没有失去耐心，这实属不易。文章内在气质仍有辨识性，遣词用语有50后一代理想主义者和英雄主义内在的、自然流淌的气韵。我很喜欢。《青春帝国少年行》，写西汉的青年将领们，选题决定了文章的青春气息和霸道横行。什么叫英姿勃发，这些人就是英姿勃发。而且史料非常充盈，合理的想象和文学性，使文章没有深陷史料堆里不能自拔。这都是好的。

文章从结构的角度说，我觉得前面缺一个“小序”式的文字，简要介绍一下西汉的“青春团队”或将领，让读者知道你大抵要写什么。现在看来，你从魏尚开始，会误以为你文章就写这个人，待到明白不是这么回事时，文章三分之一过去了，还要从头顺下来。阅读有障碍。有了一个小的总体介绍，会接上你的思路。不知以为然否，我大体这些读后感。总的感觉还是很好。

前面讨论的文章是《移风易俗改造中国的伟大先驱——赵武灵王的想象力与决断力》，后改为《未能抵达终点的骑手》。我得承认，这个讨论还相当浮泛，这与我历史知识的匮乏有关，我只能在文章的范畴内表达一些无关痛痒的看法。我还没有能力抵达文章最关键的核心部位与福民讨论。之所以“原生态”地公之于众，意在表明这是我们日常生活和友谊的见证而已。

应该说，福民这次西行的目标远大，自我期许甚高。他说:“我所处理的题材，历史范围跨度很大，从公元前300年的赵武灵王直至17世纪尾声的康熙皇帝，每一个具体的话题都牵涉繁巨的历史容量。为此，我尽自己所能把‘二十四史’中与本书论题和人物故事相关的材料又摸了一遍，还包括各种断代史、专业史、历史理论及古人的笔记。我希望通过这次写作打开一种被遮蔽的历史面相，从而在不同民族互相学习互相塑造的大背景下，呈现出自己的历史观。我还希望通过这种写作，在历史学领域为文学赢取她应有的光荣与尊重。”这是他长久以来的愿望：以历史为经，以北纬四十度地理带为纬，去展开和呈现出一幅“参与性”的千古江山图。于是，他在北纬四十度阔大时空中，选择了赵武灵王、汉帝刘邦、飞将军李广、大将军卫青、青年统帅霍去病、王昭君、刘渊、孝文帝拓跋宏、安禄山、明宦官王振，还有右北平的燕昭王、秦开、李广、杨业、萧太后、韩德让、佟国纲等为中心，书写了千年不息的人间大戏。孟子曰："观水有术，必观其澜。"掀起历史波澜的首先是这些大人物；另一方面，面对浩瀚的历史，一个作者选择什么、书写什么，表明他在关注什么。历史与文学不同，文学经过历史化可以实现经典化，而历史没有经典化一说。但是通过书写者的历史观，可以判断他认为哪些人与事更重要。对于《北纬四十度》来说，上述人与事，在作者看来显然值得重新书写。我们知道，任何重新书写都是一种对话关系，任何书写者都有一个潜在的对话者。杰姆逊的"永远的历史化"，一语道出了"历史化"的真谛，那就是"永远的对话"。这个对话未必是对错之争，而是通过这个学科最优秀大脑不断地对话，使我们透过历史烟云，通过不断的再发现，对历史看得更清晰更透彻，也就意味着对现实和未来看得更清晰更透彻。当然作为历史文化散文，必须以历史为依托，没有历史就没有"历史文化散文"。先说作者的"历史的关切"。

书中第一篇文章《未能抵达终点的骑手》，写赵武灵王。

按作者的话说，赵武灵王与那些历史明星人物相比，多少显得有些寂寞，而且一直持续了两千年。但是，历史正在起变化——

1903年突然发生了转变，而且转变得极具震撼性，有如一场颠覆性的逆袭。这一年的年底，梁启超在他主编的《新民》上刊出了自己撰写的一篇文章，赫然醒目叫作《黄帝以后第一伟人赵武灵王传》，看上去就像今天那些不折不扣的“标题党”文章，相当耸人听闻。这篇文章首次正面将赵武灵王从历史当中打捞出来推向公众，并且给予了前无古人的高度评价。文章题目带有梁任公为文论理一如既往的夸张感和绝对感，不仅越过尧舜禹直接“册封”赵武灵王为黄帝之后秦始皇之前“第一伟人”，而且在文章里面，梁任公动情地说，在秦皇汉武这类有为君主之上，能让我们真正感到自豪的，“惟赵武灵”。应该说这个评价简直是高得不得了，但如果以为事情已经到此结束那你就错了，梁任公是那种真正属于“胸怀祖国放眼世界”的人。在秒杀了无数古人之后，他话锋一转，直抵欧洲列强，干脆将赵武灵王比之为俄国彼得大帝、德皇威廉二世一流的强力人物了。

这位被称为“黄帝以后第一伟人”的赵武灵王，一生干了三件大事，而且其中两件都办成了，彪炳史册惠及后代子孙：“胡服骑射”和修筑赵北长城。然后，还有第三件，他彻底给办砸了，这不仅直接要了他的命，也间接断送了赵国的前程。文章围绕着三件事，活色生香地将赵武灵王呈现在我们面前。但是，当我们看到，一个身为国君的人，化了装当间谍，亲自去熟悉地形，感受未来对手的精神气质；在被人怀疑并赶出去后，立刻策马驱驰一路狂奔……所有这些呈现在我们面前，不禁让我们惊叹，这究竟是一个什么样的人？更有甚者——“戡乱军队围困了主父的宫室并杀死赵章，又担心事后被主父追责，不敢放他出来。小儿子赵惠文王面对这个尴尬局面一言不发，坐视事态恶化。就这样僵持了三个月，雄才大略、果敢坚毅、英姿勃发，具有无限想象力、创造力和行动力，怀有天下伟大构思的一代雄主赵武灵王，在吃光了粮食吃树皮、掏鸟窝，直至吃无可吃之后，活活饿死在沙丘宫。”至此，这位“黄帝以后第一伟人”在“沙丘之变”中死于非命。作者关切的是什么——

> 必要时假设一下，却也能打开各种被封闭的可能性，给后来者遗憾或绝望的情感以慰藉。让我们来想象一下，赵武灵王没有在“沙丘之变”中死于非命，他在“胡服骑射”这条路上继续西进，铁流滚滚，旌旗蔽日，一场决定中国历史走向的秦赵大战，在赵武灵王亲自统率下，由九原、云中集结并发动。这一次，战争的主动权掌握在赵国的骑兵部队手里，他们完全不必像廉颇、赵括那样，在极为不利的太行山崎岖的山道防御线上苦苦支撑，窝窝囊囊消耗两年之久，然后四十万人被集体坑杀，而是从北部平坦的云中南下直捣咸阳，纵横千里豪气干云速战速决……当然，这一切并未发生，也不可能发生了。

这是书中有代表性的历史关切之一种，作者愿意以想象，甚至假设的方式为赵武灵王设计另一条堪称完美的路线。然而，历史就是历史，历史不会因后人的想象改写。

所以，历史还是不能假设。

但是，《北纬四十度》毕竟是文学作品，文学作品先在的优越就是可以想象和虚构。这是文学以历史为书写对象得天独厚的条件。这一条件当然也带来了诸多问题：“对于中国的文学表述与历史知识传播有相当直接的现实意义，因为我们看到一种由来已久的现象，很多公众读者的历史观并不是通过历史学习去获得，而是在文学虚构与民间故事当中完成的。这一点让我很不甘心。”福民说的这一意思，在陈寿的《三国志》和罗贯中的《三国演义》中表现得最为典型。在普通民众那里，《三国演义》的历史就是三国的历史，曹操就是奸雄，刘备就是厚道的君主，关羽就是仁义的化身。诸如此类至今难以改变。对“北纬四十度”做文学的再现，福民为自己确立了一个很高的标准。一方面，他为文学赢得尊敬；一方面，他又为历史的真相被文学覆盖心有不甘。鱼我所欲也，熊掌亦我所欲也。这是一个难解的悖论。但是，好的文学作品，几乎都是在悖论和矛盾中展开的。读一读历史上与“北纬四十度”有关的诗篇，便一目了然。我注意到，福民在书写他心爱的历史人物时，诗史互证在文中不时出现。这一方法是陈寅恪先生的治史方法。

到福民这里，他借用升发屡试不爽，古典诗词、当代小说、流行歌曲、民间传说，上下翻飞信手拈来。得意处驻足观赏慢慢道来，紧要处一笔带过要言不烦。“秦时明月汉时关，万里长征人未还。但使龙城飞将在，不教胡马度阴山。”这是七绝圣手王昌龄著名的《出塞》诗，也是唐代七绝的压卷之作。王昌龄将飞将军李广作为历代名将的代表，从一个方面有力地传达了李广的深远影响。

另一方面，为了强化文学性，作者有时有意偏离了历史大叙事而进入另一种描述中。比如，他讲述了孝文帝拓跋宏“八卦”式的一段经历：九五至尊的皇帝居然被戴了绿帽子——

> 民间观念一般都畅想皇帝可以随便“搞女人”，而且想怎么搞怎么搞，没想到这次事情反转了，皇帝被戴了绿帽子。这位出轨的皇后生性风流，平时就“颇有失德之闻”，口碑一直不好。迁都洛阳后皇帝整天不着家，不是各地巡视，就是打仗南伐。皇后寂寞难耐，故态复萌。偏偏她是孝文帝特别喜欢和宠爱的人，还是冯太后的亲戚。得到密报后，孝文帝离开悬瓠（今

河南汝南）回洛阳处理家务。面对实锤，他很可能突然对这个世界产生了前所未有的绝望感与幻灭感。他知道自己将不久于人世，但他还是决定，在他活着的日子里为冯太后保全面子，“庶掩冯门之大过”。他留下遗诏，等自己死后再处死皇后，同时要以皇后的规格安葬。做完这一切，他挣扎起最后一点精神返回前线——在最后的时刻，他放弃了冰冷无情的洛阳宫殿，选择跟他的政治盟友、至信亲朋和忠诚的将士们在一起，也就是跟他的梦想在一起结束人生之旅。他终于要摆脱那些让他爱恨交加的女人了，可他的灵魂及一生追求，都已经跟祖母冯太后牢牢联结在一起，难以切割。

后宫也并非铁板一块，无论男人女人，其欲望怎样想象都不过分。这是细枝末节本不足论，但也从一个方面透露了帝王情感生活的荒谬和不堪。当然，书中更为我关注的，是类似这样一些观点和论述，在《青春帝国少年行》中他说——

卫青、霍去病，是专为北纬四十度而生的军事天才，从未参与过任何与北纬四十度无关的军事行动。他们的出现捍卫了定居文明的安稳生活，更重要的是，他们在特殊的历史环境中遭遇到了新的文明难题，并以青春的勇气给出了答案。自从大秦帝国完成了中央集权统一国家的政治与行政架构之后，有关“天下”的范畴通过国家化的方式被清晰地确定了。然而这带来了一个始料不及的问题，它使“天下”与其他区域冲突的现实性与尖锐性愈加凸显出来。北纬四十度一线的游牧民族的存在，以及他们不屈不挠的进取心，使以往中原文明那种“普天之下莫非王土”的含混自大的观念无法自圆其说，而不同文明之间的折冲博弈往往大于故步自封的“天下”理念。战国以降攻伐战取“天下”的名臣武将数不胜数，韩信大约是这个理念的最后一个大师，他被腰斩以后，这种英雄人物的谱系就断了根儿。而现在看来，即便韩信再世，恐怕也应付不了“天下”与北纬四十度之间崭新的历史冲突。

这里隐含着明确的马克思列宁主义的历史观和思想方法，抑或说，“新的文明难题”，不只是对过去的总结，那里更隐含了关于“未来的学说”。当然，卫青、霍去病的时代还没有形成今天的“现代性”，但是，他们面对的问题与过去已大不相同。这个问题就是“北纬四十度”的出现。“天下”的观念在“北纬四十度”遭遇了“断裂”。青年才俊们以新的观念面对着这个关于“未来的学说”。

书中讨论的关于历史观的问题可能尤为重要：“究竟是英雄创造历史，还是人民创造历史，这种争执在学术上本不是一个层面的问题，甚至可能是个伪问题，但仍然不妨碍它成为一个很恼人也很诱惑人的问题。”这个问题事关重大。我没有能力直接回答这个问题。但我们读过的历史著作，与历史有关的文学著作，记述的都是什么人？是帝王将相才子佳人，他们是具体的人。文学作品也是如此，比如苏轼的《念奴娇·赤壁怀古》：“遥想公瑾当年，小乔初嫁了，雄姿英发。羽扇纶巾，谈笑间、樯橹灰飞烟灭”，毛泽东的《沁园春·雪》：“惜秦皇汉武，略输文采；唐宗宋祖，稍逊风骚。一代天骄，成吉思汗，只识弯弓射大雕。俱往矣，数风流人物，还看今朝”；而人民——这个抽象的概念当然也被提及，比如在农民起义的时候，但是，起义过后，获得尊位的那些人，又成了新的帝王将相才子佳人。历史的英雄都是具体的，有名有姓，从出身到功业不仅详尽而且生动。是什么力量导致了讲述者如此地用尽心思？那潜隐的膜拜心理几乎就是呼之欲出了。但人民只是一个数字，他们的形象只是模糊在二十万或六十万的大军里，或者说，他们是无从被记述的，当然也不会有谁记得他们，因为他们是没有话语权的“贱民”和“属下”。所谓“属下”，也就是“从属”或“低一等”的处于社会边缘的集团或人群。葛兰西曾论述过，确实存在着政治生活中“支配与被支配，领导与被领导”的事实。那么，领导权在付诸实践的过程中，诸如“庶民”，是没有可能表达他们的“同意”的。面对那些丧失话语权利的人群，斯皮瓦克还揭示了一个令人震惊的秘密——“属下不能说话”。是话语权利的拥有者在“代表”属下说话，但他们不是在“再现”属下阶级的意愿和要求，而是“狭义上的自我表现”。属下阶级不仅没有机会表达他们的要求，甚至他们的“历史”也是被代言叙述的。历史是历史学家的历史，主体性是历史学家建构历史的先在条件。因此，纯粹客观的历史是不存在的，历史都是历史学家建构起来的。因此汤因比说一个伟大的历史学家一定是一个伟大的艺术家。即便是重视客观性、重视材料的历史著作，也因为材料选择的不同体现了历史学家的历史观。当然，《北纬四十度》不是一部专门讨论历史观的书，这是一部试图用文学的方式表达历史关切的书。

一个“50后”的理想主义者，一个热爱话剧和歌唱的曾经的文艺青年，后来的文学评论家和文学研究者，就这样选择了“北纬四十度”，前后考察和写作了四年之久。在这样一个浮躁和功利的时代，其思考时间之长和写作用力之勤，都足以令人感佩不已。他选择“北纬四十度”这一时空符号，再也没有哪里比这个场景更辽远更悠久，再也没有哪里比这个场景更适于思索和抒情——几千年的历史，任凭你思想有怎样的深度和广度；巨大的空间几乎就是天下，任凭你音域多宽多长，从“胡风似剑锼人骨，汉月如钩钓胃肠。魂梦不知身在路，夜来犹自到昭阳”一直唱到“连绵的大青山大青山哟”。这是福民的青春之梦和文学之梦，梦想是巨大的内驱力，它让一个人在天高地远的北中国游走不止，在千年古道往来穿梭。他抵达了他的目的地。一切已经结束，但一切都没有成为过去，那横贯北中国直上重霄九的G6公路，就这样一路洒下了一个歌者关于“北纬四十度”的歌吟。

原载《上海文学》2021年第10期

海德堡点燃的心灵焰火

——评张清华随笔集《海德堡笔记》

2000年的秋天和2001年的春天，对张清华来说，是非常重要的一段日子。这段时间，张清华在德国海德堡大学任教。改革开放以后，很多学者有海外教学和访问的经历，这几乎是学者日常学术生活的一部分，似乎不值得讲述或提及。但是，张清华的这段经历，对他来说重要无比。这个重要无比就体现在这部《海德堡笔记》中。

我们知道，德国是一个伟大的国家，尤其是对人类精神和心灵世界的贡献，出类拔萃。哲学、文学、音乐等领域，德国星斗满天灿若星河。一个域外的青年学者——那时的张清华还不到40岁，就这样怀着激动、兴奋或一丝羞涩、局促，或许还有惴惴不安来到了海德堡大学。海德堡是涅卡河畔的文化古城和大学城，它是浪漫德国的缩影，曲折而幽静的小巷沟通着古堡和河流，充满诗情画意。城堡就坐落在涅卡河畔的王座山上，它结构复杂，风格奇异，虽已残破，仍不失昔日的王者之气。海德堡大学成立于1386年，早在16世纪就成为欧洲科学文化的中心。黑格尔、伽达默尔、哈贝马斯以及卡尔-奥托·阿佩尔等都曾在这里学习和工作。现在的海德堡仍然是一个迷人的城市，那里有“骑士之家”餐馆，也有“哲学家小道”。张清华就要在这些星斗的故乡讲述“中国当代文学中的历史叙事”了。二十年前讲台上这位青年学者的风采我们不得而知，但通过《海德堡笔记》，我们了解了他身居这所德国最古老大学和这座历史悠久城市的心情。他时而感动，时而沉思，时而独自吟哦，时而闲庭信步。应该说，他真是不虚此行。后来我们发现，这段与众不同的经历，创造了一个新的张清华——过去，他是一个优秀的研究中国当代文学的青年学者；归来后，他同时也成为一个优秀的随笔作家和诗人。当然，诗人和作家的身份，未必完全是海德堡赋予的，但是，他在海德堡遇见的满天星斗和异国风光，显然给他带来了意外的惊喜和灵感。

我最先读到的是他的《哲人小路》。那时《海德堡笔记》还没有成书。在杂志上读过这篇随笔，我对清华刮目相看，对他的文学才情有了新的了解。稍稍夸张一点说，当下研究中国当代文学的文章，只要受过一点训练，大体都可以写一点，好或不好也差不到哪里去。但是，随笔一类文字，一出手即高下立判。这类文字难以藏拙，情怀境界一览无余。我自知浅陋，从来不敢染指这类文字。但是，将近二十年前，我读到了《哲人小路》。哲学家小路，位于涅卡河北岸的山丘上，是德国城市海德堡区的一条道路，长约两公里，部分路段非常陡峭，与海德堡城堡隔河相望，是俯瞰涅卡河对岸的海德堡老城风光的绝佳地点。历史上许多诗人、哲学家常在这里散步和思考，如哲学家黑格尔，诗人歌德、荷尔德林等。人们可以在静静的思考中去追踪先哲们的足印。现在，一位年轻的中国学者来了——

> 我沿着这小路与尘世的连接处向山上走去。如今这哲人踩出的路径已经和尘世渐隔渐远了，各式各样家居小楼挤满了山脚，窄窄的路上还停满了住家的车

辆。坡虽然很陡，但精巧的房舍还是令人费解地建在上面，更显出其幽静高雅、富贵堂皇，令来者不由得心生敬畏，可见非是寻常人家的去处。尘世的富贵大大逼退了诗哲脚步的印痕，使这条著名的小路更有了一种出世的情调。当年曾与荷尔德林同窗的另一个哲学大师是格奥尔格·威廉·弗里德里希·黑格尔，他和弗里德里希·荷尔德林相比当然要更幸运些，因为他在活着的时候就已经是得到举世公认的成功者和名人了，而荷尔德林，却差不多还是一个寂然无声的隐者，一个落魄的疯子，在他活着的时候并未受到世人公正的对待。在海德堡老城的法拉第街上，还赫然保留着黑格尔的旧居，而荷尔德林却选择了荒僻的山野。我不知道那时他栖身何处。由此我明白了一个道理：一个真正的诗人的必然命运，还有他和一切其他的人相比最大的区别就是，他是最容易受到误解的人——甚至包括他自己的同类。他所得到的承认，永远是最晚的。

这是一条追寻荷尔德林的小路，也是向诗人致敬的时刻。此时，他的抒情多于叙事，皆因诗人宿命般的命运。无论怎样感慨命运的不公，历史已然铸就。但是，荷尔德林毕竟最后得到了承认。历史的凄风苦雨刮过——我就来到了那石碑前：它刻着弗里德里希·荷尔德林盘桓于此的时间，也还刻着他盛赞海德堡美景的诗篇。我无法读懂这诗，但却能够想象得出他站在这里，而对彼岸这座古老的城堡和周边壮美的自然风景，心中所发出的由衷赞叹。并没有格外典雅庄严的建筑，没有青铜雕像，但寥落的鲜花和落叶覆盖的青草，却格外有一种静谧与和谐，一块朴素的石头，甚至是一块略显得潦草的石碑，这一生潦倒的主人公就隐身在这简朴的自然之中，也许这就是最好的设计了。

　　一条路把人们引向这里，并不很多但却是心怀敬慕、热爱着一些东西的人，他们来过，在先哲留下的足迹上撒下，或沾上一点零星的草屑或泥土，有一声轻轻的叹息，这就够了。

荷尔德林是德国古典浪漫派诗歌的先驱，曾被世界遗忘了将近一个世纪。他毕业于图宾根大学神学院，当过家庭教师，爱上了雇主的妻子。1798年后，因情场失意，身心交瘁，处于精神分裂状态，1802年徒步回到故乡。1804年在霍姆堡当图书馆馆员。1807年起精神完全错乱，生活不能自理。但他的诗歌《自由颂歌》《人类颂歌》《致德国人》《为祖国而死》等，成为德国诗歌重要的遗产。我依稀记得当时阅读《哲人小路》时的心情，当然也大体能够体会清华走在这条小路时的心情。后来，清华成了一位诗人，我想，应该和这条小路有关吧。海德堡因有了荷尔德林，这座小城也就有了诗人的高贵。《海德堡笔记》写的人物，大多是伟大的人物，因此也是向大师致敬的作品。但是，读了《特里尔印象》，觉得终还是不同。这是卡尔·马克思的出生地，对于这个伟大的人物——“我总在想，一个德国人乃至西方人，也许永远不会理解一个中国人内心世界的隐秘，因为他们没有经历过现代以来中国的历史，苦难的、戏剧性的、微妙而多变的、翻云又覆雨的历史。而所有这些历史，都与他们的国家和土地上出现的这个人物有关系，那是一种近似于神圣的情感，尽管一个中国人所理解和想象的马克思，和一个德国人眼里的马克思是这样的不同，但那种与生俱来的无法割断的关系，几乎与西方人同他们信仰中的上帝的关系一样微妙、多意和牢固。尽管在最近的一二十年中，一切都已经发生了意想不到的变化，但对于我来说，变化的只有这变得复杂的心情，而不变的，则是那份说不清楚的神往。”这是2000年一个中国青年知识分子对马克思的情感态度。我想这样的想法对很多中国知识分子来说，至今仍然是诚恳的吧。因此，我觉得《海德堡笔记》之所以值得我们阅读和评价，与那时年轻的作者还没有学会说谎和油滑有关，于文学来说，没有什么比诚恳更有力量。

《深秋海德堡》(别处也有题目《海德堡的眸子上有一丝泪光闪过》)，是《海德堡笔记》的第一篇文章，也可以当作一篇游记来读。任何一个地方，无论都市还是自然风光，当一个来自异邦的人，或者说一个“他者”闯入的时候，他的目光都是极度敏感的，他会迅速抓到自己不曾接触或见过的景致。这时海德堡在这个年轻人的目光中是这样的——

我从靠近郊区的住处，慢慢走向它。像去认识一位刚刚被介绍的朋友，怀了兴奋、悸动、些许的急切与惶恐——如说是一位美女不免会肉麻，但我也确实找不出更合适的比喻。她太绚烂了，简直千娇百媚，单是这衣饰打扮就让人乱了心神：她的明眸，是这条河，亮亮的河水，柔柔的碧波，闪着天空般的碧蓝；她的双颊，是这两座分立河水两旁的山峰，漂亮的红晕，润泽的气息；她的秀发，是这苍苍莽莽的秋天的丛林，茂密，散着葱茏的生机和温柔的气息……

说海德堡是一位美女，足见作者对这个古老小城的迷恋。我没有去过海德堡，但我见过从涅卡河北岸的圣灵山俯瞰的海德堡全景。古老的街道和城堡，深秋浓墨重彩的森林，并不喧嚣的涅卡河水以及静默的大桥和稀疏的行人。海德堡其实更有贵妇人般的雍容华贵。当然，不同的目光会打量出小城不同的风韵，这也恰恰是海德堡的魅力或迷人所在。文章情感波澜突起处，是作者与天鹅的偶遇：“天鹅！我看见了天鹅！它那叫人不可思议的雪白，在凉凉的河水上是如此耀眼，如云絮般的一群，在众多不知名的花花绿绿的水禽的簇拥下，优雅地、懒散地，甚至是有点儿颓废地漂浮在有些暗淡的河上”——

我数了一遍，又数了一遍，是十三只，怎么会是一个单数？我感到有些疑惑，记得什么书上似乎是说过，天鹅都是成双成对的，就一直固执地向前搜寻。终于，在一棵巨大的树干下，我看见了另一只佝偻着的身影——它的颜色十分奇怪，不是纯白色，而是有点灰黄色的调子，显然它是太老了，以至于老得连那衣衫、那喙的颜色，也显得很暗淡和陈旧。它卧在那里，一动不动，眼睛里闪着昏暗和苍凉的目光。

于是，马拉美的《天鹅》音乐般地响起——

……这是昔日的天鹅，它在贫病中回忆着当年：
宏丽的气派，而今却无望再挣脱羁绊；
它将用颀长的脖子，摇撼这白色的苦痛。
这痛苦不是出自它身困尘埃的烦苦，
而是来自它不忍放弃的长天……

这是神来之笔。天鹅的洁白和不与世俗世界同流合污的形象，既是马拉美的自诩，也深刻地表达了西方基督教文化。如是，美丽的天鹅便同深秋的海德堡天作地和地融为一体。文章的另一个题目《海德堡的眸子上有一丝泪光闪过》，那正是作者的泪光在闪过。我感到，作者在海德堡，几乎每一天都被感动着，如果说海德堡是一位美女，这位美女大概是累坏了——作者是“不怕情多累美人”。类似的篇章如《日耳曼森林》《雨雪中的纽伦堡》《冬日闲情》等，都有情到深处的表达。

在欧洲，当然也包括海德堡，给所有人留下多少美好的印象，关于它的历史，应该是最深刻的印象之一。它的历史不只记载在文献里，书写在历史教科书中，它更融汇在日常生活里，它的城堡、街道、教堂、大学甚至民居，无论走到哪里，你都会与历史建立联系。这是欧洲文明、海德堡文明的魅力所在。因此，《海德堡笔记》自然也不例外。作者的笔之所至，几乎所有的篇什，都浸染了海德堡深厚的历史风貌。这与作者身处的环境有关，当然也与作者的学养、思想和情怀有关。如前所述，这类文字出手便高下立判，就我有限的阅读来说，我认为《海德堡笔记》是新世纪以来最优秀的随笔之一。已经过去二十年，重读这本书，依然会被作者纯真的才情所感染，海德堡点燃了作者心灵的焰火，这正是——“恰同学少年，风华正茂；书生意气，挥斥方遒。指点江山，激扬文字”，清华的这本书，真是没有辜负青春好年华。

原载《人民日报海外版》2020 年 11 月 19 日（发表时有删节）

在路上：创造自我的行走美学

——评何向阳的散文创作

何向阳至今的叙事文学作品：《朝圣的故事或在路上》《肩上是风》《自巴颜喀拉》《思远道》《镜中水未逝》等，不仅书名，而且内容也几乎都与行走有关。如果是这样的话，那么何向阳的身体和心灵要么是正行走在路上，要么是即将准备上路行走。于是，行走的美学就这样构成了何向阳散文创作的基本特征。行走是一个源远流长的身体和精神的流动行为，从古至今，人文地理的版图上，从未间断过的是无数的旅人和行者——神游侠、观光客、淘金者、流浪儿等，他们向着不同的方向，以不同的姿态和速度行走着。他们在路上看风景，没有上路的人看他们。于是我们看到，屈原在行走，他游于江潭，行吟泽畔，在行走中昂首表达的是“举世皆浊我独清，众人皆醉我独醒”的桀骜和自信；陶渊明在行走，“归去来兮，田园将芜胡不归”，那是他人生的大彻大悟，“悟已往之不谏，知来者之可追。实迷途其未远，觉今是而昨非”；李白在行走，“朝辞白帝彩云间，千里江陵一日还。两岸猿声啼不住，轻舟已过万重山”，在惊风雨泣鬼神中他体会了风驰电掣的速度之美。还有，杜甫在行走，苏轼在行走，辛弃疾在行走，鲁迅在行走，“30后”在行走，因为他们要下放，“50后”在行走，因为他们要下乡；于是，从古至今，他们肩上还是风，行走的中国建构起了行走的美学。在行走中，他们有了“见”和“识”，董其昌的所谓“读万卷书，行万里路”，不仅是对前贤人生状态的描摹，同时也是士人们对自己人生的一种期许。2000年的某一天，何向阳上路了。她首先走上的是唐蕃古道，她要寻访黄河并逆流而上，她要远上巴颜喀拉……

一、在路上：青春作伴　举步生风

何向阳的行走，既非分花拂柳，亦非趺趺撞撞，更非颠沛流离。那时的她举步生风青春作伴，是意气风发恰同学少年。行走的诗意和浪漫，传统美学的浸染和现代知识分子的想象，热切地洋溢在她的心头。注重精神领域和心灵世界生活的她，目光好奇，气质文艺，大好的时光和阳光就洒在她青春勃发的脸上。十几年后她说——

给我一页白纸
让我写尽人世间的悲欢
给我一片沉默
让我听懂你话语的回旋
给我一条路
让我找到你所在的房屋

——何向阳《给我》

我宁愿将这首《给我》的诗，看作是何向阳十六年后追记当初的誓言，是她依然激情未了的勃勃雄心的告白，是还乡归来抵达期许水落石出的回望。当初，“自巴颜喀拉”的远行，首先不是空间距离，而是时间距离——是对黄河文化地理学的考察。她从晋人成公绥的《大河赋》说起——“览百川之宏壮兮，莫尚美于黄河！潜昆仑之峻极兮，出积石之嵯峨。”一千七百多年前对黄河的吟诵，大概至今仍无出其右者。这大跨度的隔空远眺，是不让须眉的养吾浩然之气的宣喻。这是一条古道，发思古之幽情在预料之中也在情理之中。于是，李白、岑参、俞樾等历史文化名流纷至沓来。作者用近五十页的篇幅，记述了唐蕃古道的文化简史。于是，这条大河、这条古道便可远上白云间，尚美于黄河。当然，何向阳的黄河之行并非文献之旅纸上谈兵。她最终还是要脚踏实地讲她“风尘仆仆的故事”。我看到，她走进了青海海南州共和县黑马河乡文巴村周洋村长的家，村长的爱人用酥油茶招待她。村长一家还有村民围在她身旁。何向阳谦恭而诚恳，她认真地在笔记本上记录着什么。其实，在中国青年出版社“走马黄河”写作计划尚未宣布实施之前，何向阳就曾多次阶段性地走过黄河。她一次次地踏上尘土飞扬的黄河岸边，是缘于对古老文明或地貌奇观好奇的满足吗？是为了疗治一个文人思古的怀旧病吗？抑或是为了表达中原人对“源头”探询的特有趣味？当我们与《自巴颜喀拉》偶然遭逢之后，我们读到的却是这样一些文字：

> 就是这样的“最后一批人”，光脚翻过了五座雪山，单衣走过两度草地，这“最后一批人”做着就是现代最蔑视死亡的探险者也认定为极限的事情，他们赤手空拳，真的除了勇毅一无所有，然而就是这薄衣单衫的一群人，他们决心要走到哪里，是任何自然的外力都挡不住的，这一点气质，很像那必要在一条峡谷里冲出出路的黄河……这种执拗，这种在一些当时被称为穷汉的人身上的品质，这种对于生命的更大责任的担当并为之可以置自身生命于不顾的目的感，这种为了自己一样贫穷的人的事业而不惜头颅热血的主义，直到今天写下这些文字时都让我震撼。不是缅念，它远未成为往事……

那个青春期，那个不安于，那个对妥协对平庸的疾恶如仇，那场搏斗的实质不就是这个……而今连20岁的青年都会安于现状，都会有世故心了，民族主义也成了一个靶子，而那种不能再输的精气神，那种匹夫有责的担当，今天我站在河上，想念非常！

……从固原到乾县的汽车票只20元，而割一亩地干得好的话能得30元。旁边人说今年割不上价，15元差不多了。几天下来，我对亩数也有了经验，知道一人一天下来不伸腰地干最多也就是二亩地，起早贪黑在这里绝不仅是一个形容词汇。

这是《自巴颜喀拉》写到的几个群体，他们分别是长征的红军、黄河漂流队、西北的麦客。这些不同的群体难以在一个范畴或层面上谈论，作者对他们投入的笔墨和情感也不尽相同。如果可以勉强概括的话，这是中国最底层的群落，他们曾被喻为创造历史的真正动力。然而略有不同的是，何向阳却在中国历史和现实最低微的生存状态中，发现了一种与黄河相类似的精神存在，一种惊涛裂岸、惨烈勇武、持之以恒的英雄气或生之坚忍。于是，我们有可能了解了她屡屡“走马黄河”的真正秘密，她面对历史和现实想要求证的究竟是什么。

从1980年到2000年，大众文化中关于远行、关于行走的吟唱和讲述，构成了那个时代浪漫主义重要的文化元素。其中有两个事例最有代表性：一个是三毛作词、李泰祥作曲、齐豫演唱的《橄榄树》。到处流浪的三毛成为那个时代的青春偶像，三毛的行走恰逢其时，大陆改革开放思想路线的践行，压抑时代的结束，使“流浪”一词的含义被极度夸张地放大，它成了自由和浪漫具体可感的又一说法和象征。而且“为了梦中的橄榄树”流浪去远方，超凡脱俗纤尘不染。那里只有想象没有经验，感召力也越发无可阻挡。另一个事例是发行于1996年，由何训田作词作曲、朱哲琴演唱的歌曲《信徒》。当时影响不大，传播深远是2000年之后。它的感人，来自歌词的纯真、执着和果决：

那一年磕长头匍匐在山路
不为觐见只为贴着你的温暖
那一世转山转水转佛塔啊
不为修来生只为途中与你相见

其中的“你”既可以是情人也可以是真心爱人，同时也可以理解为执着的信仰和坚定的追求。但是这首歌词的广为流行，是后来假托“仓央嘉措情歌”实现的。诗一经有了模糊的宗教性，不仅强化了歌词的文化含义，而且无形中拥有了只可意会的神秘性。那“那一年磕长头匍匐在山路，不为觐见只为贴着你的温暖”，“那一世转山转水转佛塔啊，不为修来生只为途中与你相见”，其间的感动有谁能够抵挡。那里没有任何尘世的庸俗和功利。一如“革命”，在最初兴起时，各种理想、浪漫的讲述，通过象征化的修辞，给人一种巨大的、无可抗拒的道德感召。所谓的“前赴后继”，正是道德感召的不可阻挡。大众文化的高蹈和空泛，与其流行性的要求有关。它可以成为一个时代表面的文化症候，但毕竟还流于肤浅。

何向阳当然不至于受到流行文化的蛊惑而远行。三十出头的作家尽管举步生风青春作伴，但是，主体性仍是她行走美学的基本构架，她不是看见什么就写什么，在上路之前，她的这些著作显然有了一个整体性的设计。她要按照自己的理解写出她的黄河，她要写出不一样的黄河。后来，通过她的著作我们看到，理想主义是她行走美学的基调，那些场景、人物乃至文献的选择，都隐含着与这个基调相吻合的高度或境界。今天看来虽然不免“青涩”，但也因其纯粹而分外感人。比如《自巴颜喀拉》中的一个细节，即图片的选择——那是何向阳行踪“有图有真相”的佐证：一个人行走在唐蕃古道，行色匆匆天高地远，怅寥廓，大地苍茫；和村长周泽一家，健康的家族，茁壮生长的儿郎；“和唐乃亥的孩子们”，她蹲在孩子们中间，和孩子一样天真纯洁的笑容，让你感到的是，青春的美好扑面而来；还有一个孤独的朝圣者，“他手上绑了木块，膝上捆着橡胶，脚上的鞋子底是轮胎皮做的。除此之外，对于前途，他还准备有一颗虔敬诚挚的心。那么我的目的呢？身临其境、跋山涉水、脚踏实地地接近大地，在底层人民的宽厚里摆脱孤单，也许会是行走给行走者本人追问的一个答案”。前面的几幅照片无意中讲述了何向阳行走美学的与众不同。后面那些更具个人性的照片比如：一个人骑马立在天地间，题照是“立马北风寒，回首孤云白”；一幅天地各半，人在中间穿越天地的十字构图，题照是“只有行走让我意识到生命的奔涌，四壁下只怕热血慢慢流空”；还有行装在身，人在旷野河边，流动的河水和凝望远方的目光，一动一静中有青春的万千心事；还有在黄河唐乃亥段的急转弯处等，她选择的场景，都与阔大、辽远、急峻或苍茫有关。这是内心英雄情怀的另一种表达，是“安得成军如娘子，直气端能捷秦楚”的当代版。温文尔雅的向阳，表面含而不露，内心也有激烈的一面。当然，这个激烈不是偏执，更不是小儿女的执拗，那是对父兄英雄气概和热血喷涌的向往和敬慕。

今日的文化表达与英雄主义几乎无缘，据说没有英雄之日就是大众的狂欢之时。但金庸的小说和巴顿将军还是经常出现在我们的日常生活和文化想象中。虚拟的英雄和历史传奇人物仍然没有离我们远去。不同的是，日常生活建构的神话越来越凸显其庸常面孔的时候，我们只能求助于虚构的快意恩仇和电子幻觉。何向阳对此深怀警觉，她对黄河的一往情深显然是一种象征，北中国创造了前现代的中国文明和精神，那是我们曾引以为荣的历史传统。在据说已经“后现代”了的今天，传统之于我们已经“断裂”没有关系。但我发现，何向阳深情注视的是上述群体，是从容赴死的张氏，是动人心魂的“花儿”、是李长之的“孔子”，是今人张承志和唐乃亥的孩子们……她把目光投向他们的时候，也就喻示了作为一个学者和作家对正义、勇敢、执着、信念、情怀和明丽的坚决选择。于是我想到，我们必须重新面对我们的伟大传统。在理想主义不断式微的时代，读《自巴颜喀拉》让人感慨万端。这不仅因为作者的文化信念和男儿般的叙述气象，同时也来自作者写作黄河的充分、认真的积累和准备，对与黄河相关的历史材料和人物的熟悉。因此,《自巴颜喀拉》是一部气象万千又充满了正义和傲然之气的作品，是一个热爱俄罗斯文化、热爱现代音乐、热爱北方旅途的知识分子在北中国的亲历与缅想，是一个理想主义者用想象的方式与北方孕育的伟大传统的诚实对话，是一个北方青年对文化之源的执着追问与探询。它的丰富性和体现出的文化品格，犹如本书的命名，让你想到的是飞流直下奔腾到海的不屈与坚忍。这个20世纪60年代后期出生的作家和批评家，用《自巴颜喀拉》这个文本形式，自述了她与北方史，与母亲河，与文化传统和民众生活的关系，自述了她可以并且可能坚持的文化信念。这是一个多元文化共生的时代，也是嘲笑一切盛行的时代，在这个时代的时尚文化里，虚无主义和对传统的排斥几乎从来没有停止过。就在这一文化环境中，何向阳行走在另一种文化时间里。

二、在路上——为什么远行

在源远流长的文化地图上，文人的行走，大体是要通过对自然万物的认知和感悟，修炼个人的品质，拓展个人的视野，积攒内心的力量，然后更好地认知世界体会生活。但具体到每一个人便各行其是理由万千。对于何向阳来说，她用的是另一种更形象的说法：在“走马黄河”活动期间，“这颗心，五月检查出了心肌缺血，不能上到5266米高的巴颜喀拉山了。然而，我说过，真正补血的药方在那里，在底层明净的空气里，在干净的土垒起来的黄泥墙庄廓四堡院，在麦田后旱裂的连绵群山，在昼夜能听到黄河水声的渡口河岸，在经过的村庄陌生而其实已经熟识多年似的一个个农人的愁苦却烂漫的笑里，他们，是我全部的医生。对于一颗缺血的心，无论病理还是精神，那里，都是最好的补血之地”。身体的缺血在这里成为一种隐喻，大地和人民是最好医生的比喻，正如黄河之于母亲。

写《自巴颜喀拉》时的何向阳的确年轻。那时，她不只是抽象地寻找“医生”和“补血”，更有找到个人的思想和精神依托的潜在诉求，她要通过寻找来确认个人的思想和文化身份。于是，在审父和弑父的潮流大行其道之时，何向阳却开启了她的“寻父”之旅。在那本年轻的著作中，她曾有这样的记述：一半是她经历过一场结束不久的会晤，在北京公主坟地铁东南出口左侧冷饮排档外的阴凉里，三瓶汽水，一沓文稿和一个以其作品或介入成为我们一部分生命的作家，他们有一场谈话。这场谈话她格外看重。她说：张承志的《黑骏马》《黑山羊谣》《GRAFFITI——胡涂乱抹》《金牧场》等都写到了草原，更早还有《骑手为什么歌唱母亲》《绿夜》《晚潮》，我认为与其说他在寻找一种歌唱方式，不如说他一直在寻找着一个歌唱对象，先是额吉，后是冈林信康对位的自己，再后是哲合忍耶兄弟……与这样的声音遭遇，犹如不自觉地承递，不死与继承……另一半是妈妈19岁上随东北野战军转战晋察热辽的经历。作为联大鲁艺的一名学员，赤峰六道街、宁城那拉碧流、锦州北大营以及地图上尚找不到的山村地名，她曾一步步跋涉过。塞外的风吹打着这个北平女大学生的年轻的面庞。①对

① 以上见何向阳：《自巴颜客拉》第149~151页，中国青年出版社2001年3月版。

前辈革命理想和经历的好奇和仰慕，使得讲述文字也分外浪漫和诗意。在这一讲述中，何向阳有了文化和精神的认同和归属。厘清了这一具体可感能够坐实的思想谱系和情感联系，对这年轻的学者和作家是何等重要。在20世纪浪漫的革命和浪漫的革命文学的谱系中，出生于60年代后期的何向阳，无论如何也难以赶上“革命”时代的步履或风潮。但是，经过革命文学洗礼和革命浪漫主义文学哺育的她，心里显然涌动着一份强烈的不甘。于是，以“仿真”的方式重走“革命”之路，是内心不可遏止的激情和冲动。于是，何向阳又上路了。

如果说《自巴颜喀拉》的部分章节，是向母亲致敬的诗篇，那么，《镜中水未逝》就是向父亲致敬的诗篇。作者的父亲南丁先生是著名的小说家和文学工作组织者。有材料说：“南丁是共和国成立后成长起来的第一代作家，早年发表的小说《检验工叶英》曾入选高中语文课本，小说《旗》更是开‘反思文学’的先河。52岁起担任河南省文联主席、党组书记，创建了新时期的‘文学豫军’，成就了一大批作家。20世纪八九十年代，张一弓、张宇、李佩甫、何向阳、王剑冰、杨晓敏、周同宾、郑彦英、孙方友、李洱等交替在各个时段领风骚于全国文坛，文学豫军与陕军、晋军、湘军一起成为中国文坛的中流砥柱。”南丁先生不仅是一位杰出作家、杰出的文学工作的组织者和领导者，同时更是一位让女儿热爱的好父亲。因时代的原因，南丁也必须下放下乡，3岁的何向阳随父母一起有了“乡村生活经验”，许多年以后，她显然对这一经验无比珍惜，“山野给的经验那时是不自知的”，大自然将山野质朴的风吹向每一个孩子，让他们健康而无忧。后来，她将自己命名为“知童”。我隐约感到，“知童”的这一自我命名，既隐含着某种无辜或无奈，同时也有一种难以抑制的兴奋——无形中，她可以将自己和知青一代——她的父兄一代建立起直接联系。尽管对知青而言，那个难以讲述年代的全部艰辛，并没有多少值得找寻或回忆的价值，青春和芳华作为代价被支付了，并且永难索回。对一代人而言，那里有椎心刻骨的疼痛。但对后来者，却有一种与神秘的历史拉近的感觉。和知青建立了联系，也就和历史建立了联系。如果说“知童”作为一个修辞与历史的联系不免虚妄的话，那么，从1969年冬天开始的全家下放，使年幼的何向阳与历史真正地建立起了关系。特别是她讲述的关于天不亮就上学，帮助母亲摘棉花，由于天热流了鼻血，对秋天场院搓玉米的记忆等，这些生活场景，往大了说，构成了她生命的底色；平实地说，构成了她最初的童年记忆。虽然她没有出生在一个农民家庭，但是对乡村生活基本场景的了解，使她与没有这样经验的同代人毕竟有所不同。也正是从那时起，她开始有了对父亲的记忆和认知。在作者充满温情的讲述和后来的回忆中，最令人感动的还不是对父亲创作经历、文坛影响的笔墨，南丁的这些成就和影响，其他作家或批评家都可以胜任和完成；而是有两件事情给我留下了深刻的印象。一件是由于“小说作法”之类的话题引起，南丁和女儿说：“我建议，我们再读一次鲁迅的杰作《阿Q正传》，以及他所写关于《阿Q正传》的一些文字，如《俄译本〈阿Q正传〉序及著者自叙传略》《〈阿Q正传〉的成因》《忽然想到（七至九）》《寄〈戏〉周刊编者信》等。我们会得到一些有关提炼和概括的启示的。”于是作者说：“这就是父亲，他不提供答案，他只让生活保有提供答案的特权。”如果说，这些记忆还都带有明显的理性特点的话，那么，下面这段记忆，就带有鲜活生动的感性特点了——

也正是这一点叫我对爸有一种天然崇拜。记得1978年9、10月间，那时各地文艺界都有组织地举行纪念鲁迅先生诞辰八十周年的活动，河南文艺界也组织了活动，好像除了集会，还包场了以鲁迅先生作品为蓝本拍成的电影，一个礼拜时间，每晚都有，刚刚粉碎“四人帮”之后两年的文化生活特别活跃，电影院简直就像天堂，一个个过去的、异国的故事依次上映，那时作为孩子的我真的是享受到了文化的“补习”。记得那次在电影院门口，我拿着一张纪念活动的通票，上面有鲁迅先生倡导的木刻展，不记得有没有鲁迅作品研讨会了，我手里拿着这样一张票，上面印着鲁迅先生的头像，等着父亲与别人说完话一起入场。可是那话说得很长，和谁，记不确切了，可能是段荃法叔叔，因为话长，爸点了一支烟，站在那里抽，他一身黑色的对襟棉袄罩衫，在傍晚的梧桐树下，一手抽烟的姿势，真的是好看，有一种沉思的派头，他在那里一边说话一边抽烟，另一只手插在裤袋里，简直像极了我手中握着头像的这个人。

这一段记述，是一个女儿对父亲的感性描述，女儿对父亲的崇拜、热爱溢于言表。这也是何向阳在个人情感深深包裹下，为数不多的带有柔软情感色彩的文字。后来，在一次访谈中，她说了这样一段话："我父亲南丁以小说名世，曾与王蒙、邵燕祥一起参加全国第一届青创会，早年写小说，也写过诗歌，晚年写散文。他们那一代人的诗歌非常明快。父亲对我文学上的影响是一方面，主要还是人品人格上的影响。我的父亲善良、正直、宽容，特别求真，对我的影响很大。他常常跟我说，作家最后拼的是人格，艺术上再讲究，人格上立不住，也不会让人服气。他还说，人的一辈子，最重要的就两三步，要走不好，人格就下去了。这些教诲，导致我想看看人格到底是什么，这也是后来我作《人格论》的原因。"[①]这是何向阳对自己父亲的真情告白，她追随的愿望成为一种坚定的信念并诉诸行动。对前辈、对传统的理解，是生活和生命理解的一部分，而她坚持的那部分，便成为父辈和传统再生并得以延续的可能，这也是人类社会思想文化青山不老生生不息的一种

① 舒晋瑜:《何向阳：深入灵魂的诗歌才是好诗》,《中华读书报》2018年3月28日。

形式。

当然,《镜中水未逝》更是一部个人心史。它讲述的是个人经历，这些经历经过选择后，建构了个人的心灵史。一般说来，个人的历史是难以讲述的，线性的描述无论多么完整，也不足以呈现个人历史的全部，这一点与大历史的讲述几乎完全相同。因此，个人的历史更多地呈现碎片化，每个人的回忆都是由“瞬间”连接起来的历史，因此，意义是在无数“瞬间”的历史中构建的。“碎片”一章在书中占有很大的权重，将其命名为“碎片”，也从一个方面证实了我上述的看法——“瞬间”即碎片。这些特别类似“非虚构”的文字，以“镜像”的方式呈现了一个镜中的何向阳。打量自己就是回望来路，无论是大历史还是个人史，只有通过细节才能进入历史。我们发现，其中有对父亲的认知，对洪水淹没村庄的记忆，对童年友谊的怀念，对到烈士陵园接受革命传统教育的独立思考，对大学生活的记述，对个人写作的检视以及对音乐包括对大众文化的接受过程等——阅历如此简单，成长如此不易。她对鲁迅和林徽因的理解给我留下深刻印象，尤其是林徽因。她欣赏林徽因不只是因为她的才华、美丽或“民国范儿”，更重要的是欣赏她的个性，欣赏她将“旅途中”作为生活中不可或缺的功课，对美对生命的“完全诗意的信仰”。她欣赏她主要的诗句——

但我不信热血不仍在沸腾；
思想不仍铺在街上多少层；
甘心让来往车马狠命地轧压，
待从地面开花，另来一种完整。

这是林徽因《“九一八”闲走》中的诗句。她欣赏的不只是诗歌惊天动地的气魄，更是来自遥远民国知识分子性格的狂狷，这种性格是独立甚至不乏叛逆，或者说就是特立独行。欣赏者自然也有她的这种性格，我们在后者的评论文字，特别是诗歌中尤其能够感受到。因此，心灵和身体为什么远行，至此我们已经有了答案，这就是：建构行走的美学，建构不一样的个性和生命。她后来有被谱曲的一首诗《逆行》，也许不经意中表达了她的这一个性——

星空下

跋涉的人

一直在与这个世界

逆行

她从不顺从

她一直在选择中选择

所有选择中

她独钟情陌生

是的　陌生

就像我们

从不相识

就像　不被你看重的

我的天赋

和

爱情

三、在路上：心在云端脚踏大地

无论心灵还是身体在路上，本质上都是一种追寻，追问，然后获得一种认同感。这个过程，其实就是同自然、历史和前辈的对话过程。《思远道》的书名和扉页题记，都与思念有关。“思远道”出自汉代佚名诗《饮马长城窟行》，据说作者不详，也有争议。“青青河畔草，绵绵思远道”，写青草绵绵思念绵绵，行人在远方，梦中亦难见。扉页题记是《古诗十九首》中（第六）的《涉江采芙蓉》：

涉江采芙蓉，兰泽多芳草。
采之欲遗谁，所思在远道。
还顾望旧乡，长路漫浩浩。
同心而离居，忧伤以终老。

《涉江采芙蓉》是产生于汉代的一首五言诗，是《古诗十九首》中的一首，也是一首典型的“在路上”的诗。他乡游子和家乡思妇通过采集芙蓉相互表达思念，运用借景抒情和白描手法抒写漂泊离别的相思之情。无论是“绵绵思远道”还是“涉江采芙蓉”，在何向阳这里显然是借用，她要表达的是无论身体还是思想“在路上”的一种心理状态，是对英雄、理想、信仰等接近或触摸的渴望。如果说《镜中水未逝》是何向阳的一部心灵史，那么《思远道》就是一部她的阅读史。阅读本质上也是一种行走，是思想和灵魂的行走。她要在浩瀚如星空般的典籍中，找到可以追随和同行的人，这是心灵契合的人，是志同道合者，也是性情一拍即合者。

青青子衿，悠悠我心。《青衿无名》写侠义，写“义士”，情与义一直难分，有词组“情义”，更有“有情有义”为证。除去传说和虚构，《史记·刺客列传》中的荆轲大概影响最大，聂政被注意到，作者对情义的理解真是用心了。史记聂政为人侠义，因除害杀人偕母及姐姐荣避祸齐地（今山东境），以屠为业。韩大夫严仲子因与韩相侠累廷争结仇，潜逃濮阳，闻政侠名，献巨金为其母庆寿，与政结为好友，求其为己报仇。聂政待母亡故守孝三年后，忆及严仲子知遇之恩，独自一人仗剑入韩都阳翟，以白虹贯日之势，刺杀侠累于阶上，继而格杀侠累侍卫数十人。因怕连累与自己面貌相似的姐姐荣，遂以剑自毁其面，挖眼、剖腹自杀。其姐在韩市寻认弟尸，伏尸痛哭，撞死在聂政尸前（一说呼天者三，气绝而亡）。聂政的义，姐姐的情，古往今来无出其右者，可谓惊风雨泣鬼神。何向阳对聂政的意属，显然还来自郭沫若、南丁的影响。郭沫若的《棠棣之花》自然是借古喻今，是“五卅悲剧”“血淋淋的纪念”；南丁的《晕眩》感慨的是，一个以屠狗为业的聂政，“割去自己的鼻子，剜掉自己的嘴唇，毁了自己的面容，没有听到呻吟，然后自刎……你对自己的处置如此从容[①]”。这时我想到南丁对女儿的告诫：“作家最后拼的是人格。”以聂政为例便可理解人格具有何等的魅力。

当然，所有的历史都是当代史。历史如果不与现实建立联系，没有古为今用的良苦用心，也就仅仅流于故事而已。于是她又写到了作家张承志。她先后提到他许多著作，比如《渡夜海记》《静夜功课》《芳草野草》《悼易水》以及后来的《致先生书》《清洁的精神》《击筑的眉间尺》等。《青衿无名》写作于1995年。这个年代正是“人文精神大讨论”方兴未艾的时节。那个时候，世风大变，各种议论不一而足。作为一个知识分子，何向阳要参与这场讨论。她没有与对方发生正面冲突，她是通过对历史和现实中的人与文，参与这场“人文精神大讨论”，在非正面的冲突中，她的价值观一览无余。

① 何向阳：《思远道》第19页，中国社会科学出版社2002年6月版。

当然，她还写到了儒道释。我猜想，《渡在海上》的写作可能会更加艰难。这倒不是说典籍的浩瀚大有无从把握的困难——只要按图索骥终会找到自己想要的东西，关键是，在红尘滚滚的当下，如何能够用佛的放下、舍弃去置换并获得“最高灵魂”“完美和谐”“摆脱私欲”，然后获得宁静。但是，《渡在海上》不是劝诫书也不是说服书，它要讲述的还是与人格的修炼有关：“在对自我理想的自由追求与奋力实践中，在读这些为人类自我实现而定出方案并做出解释的宗教的研究中，常会产生这样一种感觉，佛教作为一种古老的东方宗教，它的含义日渐越过了教义的范畴而进入到人们的实际生活中，并对人的情感、思想、心灵、精神起着不容忽视的作用，尤其在一个某种程度上已物化或复制化的世界里，在一个习惯用惯性的似乎统领一切思维与生活方式的时代。”这就是入乎其内又出乎其外。因此，《思远道》与其说是散文随笔，毋宁说是以散文随笔的文体写出的研究文章。《澡雪春秋》《道在途中》等亦如是。

我更欣赏的还有她在《思远道》中的讲述方式，她像一个哲人，席地而坐侃侃而谈。她对那些典籍熟悉，信手拈来，“绵绵思远道”中，将那些值得尊重、值得怀念的人和思想勾连起来，通过她的讲述，让这些人与事再次熠熠生辉，她让这些先贤在重述中复活并光大，当然，她也在这样的讲述中让自己站立起来。《思远道》的后记中有这样的话："与任何写作一样，理智的文字写到最后也是人，是人心肠的区分，是尖锐、激越、刚烈、急切，是理解、宽容、善待、包涵，并不矛盾。最后的文字写到底，其实是人心。而'心'之修得，几乎是一辈子的功课。只是，再没有一种文字这么直白，人心文字相里表。写下来。祛除任何表演粉饰或者姿态。最本色的自我，写下来，到了最后，无从掩盖。或者不可能有比之更'残酷'的工作，它对写作者自己的锤炼严苛过任何一种写作。它言说心肠，引作界限，关乎人格，立为标准。尤其一个智识的文字时代，它做的事是——立心。"北宋大思想家张载的名言"为天地立心，为生民立命，为往圣继绝学，为万世开太平"，冯友兰先生将其称为"横渠四句"。其言简意宏为历代称颂。如是，"立心"可以看作何向阳对自己行走、思考和写作的终极目标。何向阳的散文随笔，以思想的深邃和修辞瑰丽见长。《思远道》则是她所有散文随笔中思想性最为深刻的一部。书中涉及的人物、思想均在学理的范畴之内，对传统文化和传统知识分子人格特征的梳理分析，甚至超过了许多研究这一内容的大部头专著。

对何向阳来说，更远的地方在哪里我们不得而知。但我知道现在的她是一个著名诗人，是一个有理想主义情怀的诗人。她有多部诗集刊行，更有诸多诗评家研究评论交相称赞。一直就是一个诗人的她，如今如此决绝地专事诗歌创作，显然与她再造自我的行走美学有关。诗歌是艺术王冠上的明珠，也许，只有诗歌的形式，才能够更彻底地表达她在路上的漂泊、自由、叛逆和特立独行的感觉，也只有诗歌才能更准确地表达她心中那个遥远又亲近的乌托邦。后来，我看到了一首她命名为《忠贞》的诗，我们仿佛看到了远行的那人果决坚韧和孤独的身影，她的心事缥缈且遥远，而她的脚步就在现实的大地上——

远行的那人
随便捡了块岩石
歇歇脚
他不知道这岩石已经等了
几千年

这岩石因为等他

才成为岩石

他不知道只歇歇脚

就继续赶路

只有磕下的泥灰

在岩石边

和岩石一道

目睹暮色中

远行的那人

黑色的衣衫

在风中舞

这时的岩石不知道

几千年后

它会被搬去做纪念碑

碑下是远行人

坚硬的

头颅

原载《扬子江文学评论》2021年第4期

语词的侠客　众生的情人

——评周晓枫的散文新著《幻兽之吻》

周晓枫是这个时代散文创作具有标志性意义的作家。她每部作品的问世，在评论界都会成为一个话题。这样的散文作家——在周晓枫这个年纪的散文作家中，几乎是唯一的。因此李敬泽说：“就中国现在专写散文的散文家来说，周晓枫是最为才华横溢的一位。她有一种对于自我的、满含着痛感的追究，同时，她又能够用非常有力的、才华横溢的文字去书写。周晓枫的文字，我觉得是第一流的，很书面化。她像一个水晶玻璃一样，闪闪发光，向四面折射着光芒。”我相信，李敬泽对周晓枫的评价，不是出于职务行为，而是对一个作家诚恳的评价。批评家张莉说周晓枫是“散文家中的散文家”，一如有人说陈寅恪是“教授中的教授”，这是对周晓枫极大的褒奖，或者说，周晓枫在散文家中出类拔萃，是可以给散文家上课的。谦虚“羞涩”的周晓枫未必认同这些说法，但它却从一个方面表达了周晓枫在散文创作上的成就和地位。

实事求是地说，周晓枫在创作包括《巨鲸歌唱》之前的作品，批评界很少有异议，少许批评构不成伤筋动骨。因此，周晓枫获得过鲁迅文学奖、冯牧文学奖、朱自清文学奖、人民文学奖、十月文学奖等散文可以获得的重要奖项。当《有如候鸟》发表以后，批评界有了不同的声音。批评主要是针对《有如候鸟》中的《离歌》。《离歌》是对散文文体结构的大胆改造，它以屠苏之死为基本线索，然后旁逸斜出与之相关的各种人与事，分析了屠苏的悲剧人生以及导致悲剧的个人性格，用小说的结构、散文的笔致，对人性和价值观做了深入的讨论。持有异议的看法认为，散文是不能虚构的，如果散文可以虚构，散文与小说便失去了边界。周晓枫在《有如候鸟》自序中说：“希望把戏剧元素、小说情节、诗歌语言和哲学思考都带入散文中，并尝试自觉性的小说与散文的跨界——掏空小说的肉，用更坚实的盾壳保护散文，向更深更远处探索散文写作的可能性。”我支持周晓枫的新探索。中国散文最早的范本《史记》，被列为“二十四史”之首，对后世史学和文学的发展产生了深远影响。其首创的纪传体编史方法为后来历代“正史”所传承，被鲁迅誉为“史家之绝唱，无韵之《离骚》”。但《史记》的“虚构”随处可见。从叙事学的角度看，任何事物只要进入叙事，就是一种虚构。因此，周晓枫的探索是有价值的。对不同的议论，周晓枫有自己清醒的认识：“我不太信空谈，我信频繁错误中摸索的道路，我信头破血流后的醒悟。我知道自己是个特点和缺陷同样突出的写作者；或者说，我是一个由缺陷构成特点的写作者。不着急，我慢慢努力，为文字服役，也为行枷减重。”

周晓枫散文创作的特点，是在散文创作整体格局的比较中体现的。当下散文就其风格和文体特点，大致可以归结为生活化、思想化、趣味化、历史化等等。周晓枫的散文则在心灵化方面独树一帜。她的心灵化从两个方面得以彰显：一是她的表达方式，一是她的表达对象。在表达方式上，她是语词的侠客，在表达对象上，她是“众生”的情人。说周晓枫是语词的侠客，一方面她仗剑而行，只为心有意气难平事，她对人性的批判之剑寒光闪闪手起刀落；另一方面，她也衣袂飘飘柔情似水。她的文字，一如她在熟人面前的话语，有一种一览无余的“光焰”。这是燃烧的光焰，变幻的光焰：它炽热，绚丽，冲天而起或从天而降；这光焰有如她的性格，也演变或幻化为她的文体和修辞。《幻兽之吻》，是她新近出版的一本以动物命名的散文集。她的散文集多以动物命名：《斑纹——兽皮上的地图》《鸟群》《巨鲸歌唱》《有如候鸟》，童话作品《小翅膀》《星鱼》，等等。某种意义上说，动物世界远比人类想象的复杂和不确定，同时也简单和本能，它魅惑人类的好奇心，因此也更加可爱。那么多人迷恋与动物世界相处，他们追踪、观察、帮助，然后写出不同的与动物有关的各种著作总有他们的道理。我们读过的名著不胜枚举。周晓枫对动物的理解是：“它们的美，它们的暴力，它们身上无穷无尽的谜……因为超出想象而几近幻觉。”于是，她在《幻兽之吻》里酣畅淋漓地写流浪猫，写自己圈养的土拨鼠，也写沼蛙、蚁群、兔子、蜻蜓、豆娘、狮虎兽，写与它们的相处，生离死别痛不欲生，写它们的性爱、等待和耐心，写人类不具有的各种行为和表现。她观察之细致，体悟之深刻，情感投入之热烈，给人留下极其深刻的印象。可以说，周晓枫的《幻兽之吻》，是我读过的对另外一种生命书写最具人类之爱的文字，她召唤出了那样多的动物，将其开辟、发现和变幻成另外一个神奇的世界，在书写和情感投入过程中，也实现了人与“幻兽”的对话。无论周晓枫深情款款、怒不可遏、喜上眉梢还是从善如流，不同的情感态度都可以理解为与幻兽的对话。她表达了人对“众生”——另外一个生命群体的态度，也让这个群体感知了人类的喜怒无常——与它们本能的同质性，比如有恃无恐，倚强凌弱，弱肉强食。当然，我们也从周晓枫对动物的态度中窥见了我们自己，“我们自身的角色，是主人亦是宠物。或者说，我们既是宠物样的人——奴隶，我们也是人样的动物——禽兽”。或者说，人与动物可以互为镜像，互相照见自己的模样。有趣的是，周晓枫自己养不好猫、鸟、兔子或狗，她却可以与土拨鼠相依为命同室而居。老百姓有句话“什么人玩什么鸟”，土拨鼠和周晓枫的深情款款也是一段两种生命的绝妙佳话。

《幻兽之吻》是她与“众生”的对话，这里的众生，不只是人类之外的各种“幻兽”，同时也有周晓枫的同类——

那些大名鼎鼎的女性作家。如果说《幻兽之吻》表达了周晓枫在动物题材上的拓展和深化，那么，《雌蕊》则表达了周晓枫在思想上所能抵达的深度。她先后写了玛丽莲·梦露、作家萨冈、杜拉斯、西尔维娅·普拉斯、弗兰纳里·奥康纳、茨维塔耶娃、苏珊·桑塔格、玛格丽特·尤瑟纳尔、安吉拉·卡特、西蒙娜·德·波伏娃等十位超级“女性”。这些“雌蕊”，是“另一种人类”，是人类中的“幻兽”。她们以不同的极端化的方式表达着她们的生命及其过程。她们绚烂如火焰，如彩虹，如喷发的火山，如翻卷的流云。她们似乎什么都可以忍受，就是不能忍受碌碌无为的平庸。她们触觉发达，想象充沛，她们是人类的“幻觉之兽”。那个似乎全身都是性符号的玛丽莲·梦露，男性对她想入非非，因为她是“性感女神”的代表，可是，人们究竟对她有多少了解，说了解对她而言过于奢侈——多少人有走向她内心的愿望。在周晓枫看来，她“奇异地结合着女人的诱惑与儿童的天真，介乎纯洁与放荡之间——很奇怪，她就是具有一种孩子气的美貌，具有一种无辜的魅惑”。但是，这位性感女神的自传《我的故事》，彻底颠覆了世人的想象：“我为什么是妖女，我完全不是，我脑海里没有一丝关于性的念头。”无论对男性还是对女性，她从来没有“占有欲”。这就是被男性想象和媒体无端包装为性符号的玛丽莲·梦露。事实的确如此，细思极恐的是那个茨维塔耶娃，一个誉满天下的大诗人，她是名副其实的自由之神。周晓枫对她做了这样的评价：

> 她是那样一个女人：多情、主动、直接、感性、彻骨、咄咄逼人……她的内心像个总在发情期的母兽，感情骤燃，充满蛮力。很多人的感情储量恒定，舀去一勺就减去一勺；而她有个魔碗，即使被掠走一半，剩下的马上疯长回碗沿。无论有多少次经历，也不能积累为经验，她永远是幼稚的、急迫的、糊里糊涂的、掌握不好火候的、迷失而狂热的。远距离的关系似乎更适合她，她与许多人几乎没什么实际接触，就已结成精神上的同盟。她为生死未卜的丈夫写诗，为遥远之外的某个人写信……触不可及，正好让现实不构成干扰，她的想象强大到足以制造一个比现实更结实的建筑。她的热情，几乎等不及对方的回复，就已完成对感情的自我美化与肯定；假设对方的回应挫伤了她

的自尊，她可以另换人选，以重新开始这样的程序和循环。茨维塔耶娃并不长久忠诚于某个具体的爱人，她忠诚于爱情本身。

这还不是人类的“幻觉之兽”吗？然而，在全世界的读者那里，茨维塔耶娃就是一个天才的诗人，诗人，何况是天才，无论做了什么都不重要，重要的是她写出了传之久远的艺术王冠上的诗歌。周晓枫也概莫能外地赞赏有加甚至艳羡不已。其实，我们何尝不是如此，我们自己难以做到的，总是试图将自己的愿望幻化到一个理想的对象上。这些“雌蕊”，都不是等闲之辈。因此，作者在谈论她们的时候，多有谨慎和尊重，她节制又谨小慎微，仿佛是彼此欣赏的同类在互诉衷肠。实事求是地说，《雌蕊》是一篇少见的能够表达周晓枫思想深度的作品。这是一篇随笔式的评论，面对这些身份不同大名鼎鼎的女性，一个女性作家当然有先天的优势，但是，这种优势并不能替代她完成这十个杰出女性的“评传”。更重要的是，周晓枫的讲述和评论，是如此的透彻和确定。她不王顾左右，更不遮遮掩掩。她敢于下断语，敢于面对真相。这一点，我不仅钦佩，而且需要学习。

周晓枫谦虚地说自己一直是一个“新手”。新手是什么，新手就是如履薄冰战战兢兢；新手就是初生牛犊横冲直撞，没有负担便也处处方圆。她是语词的侠客，她如此精心地照料语词，不曾有一丝马虎。她被诟病之处，恰恰是她的优长所在。她华丽的语词是如此令人着迷；她对“众生”的描摹或讲述，无论是对自然界的“众生”幻兽，还是对人类“众生”中的精英分子，她的关注和投入都有如情人无微不至。因此，周晓枫的文字是她心灵激情的外化，是她对这个世界诚恳态度的表白。实事求是地说，对于这位“散文悍将”，我们这代人的评价并不重要——只要他们写出了与前辈作家不同的体验或文字，获得赞许并不困难；困难的是，他们是否能够得到更年轻作家的喜爱、着迷甚至崇拜。后来我读到了一篇马小淘写的文章《我的爱豆周晓枫》。她说：有一个当代作家的作品我全读过，这个人就是周晓枫，就像粉丝收集爱豆的资料，周晓枫所有的书我都有。我最喜欢的作家是陀思妥耶夫斯基、塞林格、三岛由纪夫、周晓枫。更重要的是马小淘下面这段文字——

我中学时候第一次读《鸟群》就落下病根了，那种波诡云谲的语言，让我觉得她是一个孤绝的外星人，从此对周晓枫式的表达方式深深迷恋。尽管全世界有格调的作家都在强调动词多高冷多难能可贵，我多年来神往的却一直是周晓枫将形容词和修辞赋予魔法，倾家荡产、同归于尽的表达方式。那时候我有一个本子，抄满了唐诗宋词和《鸟群》里的句子。她对我来说从来不是学习的榜样，不是多快好省就以为自己可以追上的人。她是非常遥远的存在，像狮身人面像或者亚特兰蒂斯，有一种可望不可即的幻灭感。时至今日，我看她的书有时候会想把书吃掉，那种复杂的感受，是既欢喜又绝望，既渴望占有，又充满了敬畏。周晓枫的才华，不是努力就可以达到的，好像上帝造人的时候特别随性，把整条街的才华都给了她。吃得苦中苦可能会成为人上人，可是还是无法变成周晓枫。

可以想象周晓枫读过这段文字的表情或感受。这感受肯定不只是“人生得一知己足矣，斯世当以同怀视之”的欣慰，也不只是高山流水彩云追月的绝配知音。这是一个年轻作者对一个文学前辈由衷的礼赞，是一个后来者对那个难以企及的“遥远”偶像的膜拜，她是用“绝望的”方式表达了她的方向和目标。这才是周晓枫真正值得骄傲的所在。

原载《文艺报》2021年7月28日

黄钟大吕写春秋

——评李舫的散文

散文是最古老的文体，也是不断焕发新生机的文体。特别是一些中青年作家，近年来他们的散文呈现出的新样貌，预示了这个古老文体无限的可能性。其中，李舫就是一位成就突出引人注目的散文作家。李舫是个女性作家，但读她的散文，却有一种不让须眉的丈夫气，一种气贯长虹的浩然之气。她的气象、情怀和修辞，如黄钟大吕响遏行云。她的散文，按照批评界惯用的说法，多为“宏大叙事”。“宏大叙事”是一个具有贬义性的概念，它本意应该是批评那种大而无当、空洞浮泛没有内容的作品。但是，真正意义上的“宏大叙事”——那种具有家国情怀、有内容、有担当的作品，理应得到重视和肯定。李舫的散文，就是我说的后一种“宏大叙事”，且雄迈无敌。只要看她的题目诸如《苟利国家生死以》《春秋时代的春与秋》《千古斯文道场》《在火中生莲》《纸上乾坤》等，就知道李舫书写什么，关注什么。她写的人与事，对中华民族是“铸魂”的人与事，是确立中华民族元记忆的人与事。延续伟大的民族传统，铸造民族恒久不灭的灵魂，是这些篇章最初的动因和基本思想。因此，这样的宏大叙事通过文学化的表达，我们就如同面对长江黄河泰山昆仑，心中升腾起的是敬意、尊崇以及阔大无边的情怀和向往。

李舫的散文取资范围相对集中、影响较大的作品，几乎都与历史有关。历史就是时间——“时间，也许更是一代宗师‘花繁柳密’的武林手段、‘风狂雨急’的江湖脚跟。在无数个刀锋扑面而来，闪烁在令人窒息的时间碎片里。儿女情怀，时代风云，武林快意，在雨滴烟横、雪落灯斜处，淡淡晕染。天下之大，一块饼到底是一个武林还是一个世界，其实并不重要，重要的是作为一个人，不论居庙堂之高还是处江湖之远而心忧天下的情思。”这是李舫瞩目历史——时间的原初想法。她意在告知我们，历史已经远去，时间不会倒流。但远去并不是过去，历史仍在今天发挥着巨大作用。于是，她纵横于中国古代历史，立马横刀任意驰骋。从先秦诸子百家一直到大清王朝乃至当代，古今事，笑谈间，她对史料的把握和文学性的处理，独具匠心别具一格。在历史散文的汪洋大海中，仍见她的桅杆高高矗立，在波涛中起伏自如游刃有余。她有一名篇《春秋时代的春与秋》，是专述孔子与老子的篇什。春秋时代是一个伟大的时代，锦绣瑰丽巨人辈出。它如诗如画气象万千，又如远在云端魅力无边。那个时代，是我们民族的元话语时代，民族的思想瑰宝钻石般地光耀千秋万代。因为有了那样的时代，中国文化才可以在世界民族之林中被尊重被敬慕——

在雅斯贝尔斯提到的古代文明中，有两个中国文化巨人，一个是孔子，一个是老子。孔子专注文化典籍的整理与传承，老子侧重文化体系的创新和发展。一部《论语》，11705字，一部《道德经》，5284字，两部经典，统共16989字，按今天的报纸排版，不过三个版面容量。然而，两者所代表的相互交锋又相互融合的价值取向，激荡着中国文化绵延不绝、无限繁茂的多元和多样。

李舫援引黑格尔的话说:“一个民族有一群仰望星空的人，他们才有希望。”而两千五百年前的长夜里，老子与孔子就是两位仰望星空的智者，他们刚刚结束一场人类历史上的伟大对话，旋即坚定地奔向各自的未来——一个怀抱“至智”的讥诮,“绝圣弃智”“绝仁弃义”“绝巧弃利”；一个满腹“至善”的温良，惶惶不可终日,“累累若丧家之狗”。在那个风起云涌、命如草芥的时代，他们孜孜矻矻，奔突以求，终于用冷峻包藏了宽柔，从渺小拓展着宏阔，由卑微抵达至伟岸，正是因为有他们的秉烛探幽，才有了中国文化的纵横捭阖、博大精深。

这是李舫的想象，也是李舫站在今天向伟大先贤的致敬。《千古斯文道场》，写的是稷下学宫的流变。稷下学宫，又称稷下之学，战国时期田齐的官办高等学府，始建于齐桓公田午时期。稷下学宫是世界上第一所由官方举办、私家主持的特殊形式的高等学府。中国学术思想史上这场不可多见、蔚为壮观的“百家争鸣”，就是以齐国稷下学宫为中心展开的。它作为当时百家学术争鸣的中心园地，有力地促成了天下学术争鸣局面的形成。当然，那也可以看作整个民族的启蒙之学。这样一段浪漫而伟大的历史，为一个现代知识分子提供了无限想象和驰骋的空间。于是李舫眼前出现了这样一个历史场景——

这样一群人轰轰烈烈，衔命而出，他们用自己的智慧、立场、观点、方法，去观察，去思索，去判断，他们带来了人类文明的道道霞光，点燃了激情岁月的想象和期盼。当时，凡到稷下学宫的文人学者、知识分子，无论其学术派别、思想观点、政治倾向，以及国别、年龄、资历等如何，都可以自由发表自己的学术见解，从而使稷下学宫成为当时各学派荟萃的中心。这些学者们互相争辩、诘难、吸收，成为真正体现春秋战国“百家争鸣”的典型。

当然，“稷下学宫荟萃了天下名流。稷下先生并非走马兰台，你方唱罢我登场，争鸣一番，批评一通，绝大多数先生学者耐得住寂寞，忍得住凄凉，静心整理各家的言论。他们在稷山之侧，合力书写这本叫作‘社稷’的大书”。因此，与其说李舫在写稷下之学，毋宁说她在面对当下。如果没有当下学界的诸多弊端和不堪，稷下之学照亮的或许还只是两千三百年前的夜空。

李舫不仅关注本土历史题材，西方历史人物和事件，也是她选择和表达的对象，如墨西哥女画家弗里达·卡罗、俄罗斯抽象主义画家瓦西里·康定斯基、瑞士雕塑家贾科梅蒂、挪威画家爱华德·蒙克等。这些文章原则上可以称作散文，这是相对韵文而言。但具体说来，它们也可以是人物传记、片段艺术史或者其他什么。文体并不重要，重要的是，李舫用她丰富的艺术史知识，以发现边缘的执着，让我们有机会看到了域外那些大艺术家卓然不群的风采和命运。她对人物艺术成就尤其是命运的关注，给我留下极深的印象。她对这些为艺术带来革命性变化、创造了新时代的巨匠，以敬仰、同情、惋惜、赞颂等丰富又复杂的笔触，就这样展现在我们面前。我们在丰富艺术史知识的同时，也喜忧参半地体会了别样的人生。

修辞的豪放、雄迈，是李舫散文的一大特点。这自然与她个人性格、修养乃至趣味的选择有关。比如《大道兮低回——大宋王朝在景德元年》一文，是写“命乖运舛的景德元年，宋真宗历经天灾、人祸、兵燹的考验，审时度势，终于在这年腊月打开了一个叫作‘澶渊之盟’的锦囊，从此，大宋王朝开始了养精蓄锐、潜心发展的进程”。行文开篇却是“缤纷的焰火，在除夕漆黑的夜空砰然炸裂，如流星雨一般飘然散落，带着明亮的尾巴，划出绝美的线条，辽阔而寂静”。修辞雄健大开大阖，这是为文章“造势”，也是奠定文章的基调。在这种惊天动地的情势中，预示了大宋王朝景德年间的多事之秋。因此，李舫的散文无论是说人说事，都有她整体的构思和设计。她熟悉历史材料，驾轻就熟信手拈来，但不是信笔由缰随心所欲。她写的是散文，文字洒脱自如，同时文章又包裹得很紧，须臾未离文章的“核儿”。她所有的文章几乎都有这样的特点。

另一方面，通过李舫的创作，也可以印证当下关于文学艺术论争的某些观点。这就是文学艺术变与不变、创新与守成的争论。在文学艺术史上，古今之争、新旧之争一直在延续。变是绝对的，不变是相对的。但是，就文学艺术而言，坚持那些不变的观念可能更难。面对一个大变革的时代，坚持不变、守成，就意味着守旧、保守、冥顽不化、九斤老太。但是，文学艺术的价值标准，包括对忠诚、正义、爱、友谊、善等的基本人性的要求，能变吗？马克思主义文艺理论关于文学艺术与物质生产的不平衡规律，已经阐明了这一点。我想，李舫对历史重大事件和重要人物的专注和书写，也可以理解为是对“旧”的坚守，但她有自己新的阐发和立场。这样，坚守中有新解，创新不废知常，她的创作便根深叶茂，既有历史感又有当下性。李舫自己说:“我对于自己的定位，就是一个以笔为刀、为剑、为玫瑰、为火炬的作家。以一己之力，遥问苍穹。而我对作家的定义，就是智慧和担当，作家以笔、以命、以心、以爱、以思，铺展历史的长卷，讴歌生命的宽阔，时而悲怆低回，时而驻足仰望，在暗夜里期冀星辰。他们宛如子规长歌，恰似啼血东风，幽微中蠡窥宏阔，黯淡里喜见光明……读万卷书，行万里路。这是我的日常生活，也是我关乎大悲喜和大彻悟的哲学问道，其中的趣味和悠然，不言自明。”她对自己的期许令人感动，当然也令人羡慕。在李舫大作《大春秋》即将出版之际，我对她的作品做了这样的评论。我期待她取得更大的文学成就。

原载《光明日报》2018 年 1 月 21 日

他有高贵的文化血统

——评李修文的散文集《山河袈裟》

近一时期的散文频频传来好消息。李敬泽的《青鸟故事集》、李舫尚未出版的散文集《大春秋》、李修文的《山河袈裟》，都给人耳目一新别有洞天的阅读感受。散文界的“三李”，让我们对这个时期的散文刮目相看。我们都知道，散文是最古老的文体，几乎人人可以写。但要想写好散文真不是一件容易的事。一个散文作者的修养、阅历、情怀、趣味、格局以及文字功夫，在散文作品中几乎一览无余。所谓“文如其人”，说散文是最合适的。但有趣的是，作为最古老的文体形式，却偏偏没有什么理论。那些“文章作法”之类的教科书，最终也没说出个所以然。按照这些教科书大概也写不出什么好散文。曹丕《典论》中说:“盖文章，经国之大业，不朽之盛事。”说的是文章之学，不是文学。这文章之学指的就是散文。当然，那是曹丕在他的时代对书、表、奏等诸文体的理解。

新时期以来，散文几经盛衰，闲适散文、小女子散文、文化散文等，都曾领过风骚。其间也有好散文不断问世。因此，散文的传统是极为强悍的。现在要说的李修文的《山河袈裟》，是近期散文领域重要的收获。这个收获的意义，不只是证明了李修文作为一个作家的存在和自我超越的期许与能力，同时，他的写作理念和实践，也为我们提出了新的理论命题。在《山河袈裟》的自序中，他说:“是的，人民，我一边写作，一边在寻找和赞美这个久违的词。就是这个词，让我重新做人，长出了新的筋骨和关节。”于是，与人民有关，就是李修文的情怀。“人民不是别人，人民是你和我的同伴们和亲人们、是你和我的汇集，在‘人民’这个概念之下，我觉得这一个一个的个体，在相当程度上是团队的，是完整的集体，而今天我们各种各样的东西都是粉碎的，碎裂的，烟消云散的。正因为提到人民，才给我一个强大的依靠感，一个背靠感。”他关注的对象，是酒后号啕大哭的老路；是穷途末路之际，大年三十聚在一起的兄弟；是唱黄梅小调的女子和她的女儿；是斗殴中奋力抱住小伙子的老妇人；是那些下岗工人、没钱回家的农民工、抚养孩子的陪酒女以及来日无多的垂危病人。他接触的这些人，照亮了他心中潜伏已久的那个词，就是——人民。他说：

> 我写的不是底层的人，我愿意说“他”是陷入各种困境的人，底层是一个社会学概念，不是文学概念。即使是奥巴马，他也有困境。在面临困境的时候，我们是就此沉沦还是站直了，不倒下。其实我并不歌颂黑暗，我在赞美面临人生的黑暗没有倒下的人。

如是，李修文让我们“提心吊胆”的“人民”坐实了。文学与人民的关系、文学的人民性，是我们一直讨论又经常莫衷一是的老问题。过去，我们常常陷入一个怪圈：当文学政治性不够的时候，人民这个词就会被强调；当文学苍白的时候，艺术性又会被强调。我们似乎永远不能与那个理想的文学相遇。李修文的情怀以及他对人民的理解和写作实践，既远离了民粹主义，又使“人民”有了具体的所指。他的文字能够触动、打动我们，与他的诚恳和由衷有关。因此，李修文十年磨的这一剑，锋利难当。

李修文的气质、气象，是在他的语言中表达的。这个气质、气象，就是胸中的“山河之气”，是在困顿、迷茫乃至绝望中看到希望，体悟温暖，发现美与善的修辞，美丽无比，动人无比。我看到，在李修文的文字中，中国传统的诗、词、文、戏曲等，构成了著文炼句重要的资源。特别是那些豪放、有浩然之气的作品，是李修文修炼气质、提升气象的秘方良药。李修文说：“《山河袈裟》书名来源于辛弃疾的一首词：但使情亲千里近，须信，无情对面是山河。‘无情对面是山河’传递的是一种‘绝望中的希望’，这是我追求的作品意境。‘山河’不是地理意义上的山河，是我们近在眼前又不能实现的‘指望’，我想每个人心中都有一个‘山河’，每个人都有过‘无情’这种想得而得不到的心灵体验，所以这个书名释放的是我们每个人心中的情绪。”作家自己对书名的释义，是我们理解这部书的钥匙。在我看来，《山河袈裟》篇篇都是好文章。《羞于说话之时》，告诉我们面对人间万象，语言终有无力和难以抵达之处。那是一种和爱、和怕、和震惊、和恐惧有关的一种心理乃至生理现象；《枪挑紫金冠》，写的是梨园，但何尝不是今日之世界。他写伶人，写出入之间，举重若轻，看似漫不经心却又血泪迸发。他对那个横竖不会再有的、美轮美奂的古代中国，喜忧参半又心向往之；《别长春》，写得也好。那是我家乡的省会城市，但通过这个异乡人的体验和想象，这座曾是伪满洲国首都的城市，又别有样貌。李修文说：

> 过去我一个靠审美来推动自己的叙事、创作的写作者，我依靠古典资源，依靠强烈的对故事的迷恋，依靠时代带来的情感冲击，建立起人物命运感。而今，生活的真相、人生老病死的本质一步步在我面前呈现，我的写作面临巨大的困境。我感到恐惧，我的语感、审美乃至想象力都在丧失。我要与广阔的社会生活建立休戚与共的连接，筑牢生活根基。对我来说，这十年是告别，也是新生。

他真是一个好作家。

原载《东吴学术》2018 年第 1 期

在精神的云端拥抱生活

——评鲍尔吉·原野的散文《让高贵与高贵相遇》

鲍尔吉·原野是一个专事散文创作的作家，至今已经出版了二十四本散文选集。对一个古老文体如此坚持并痴迷，本身就是一件值得探究的事情。我对散文素无研究，因此并不了解原野在散文创作上究竟取得了多大的成就。但读了他新近的作品之后，我对原野散文中表达的那份情怀、趣味和处乱不惊甚至孤芳自赏的坚忍与决绝，深感惊叹。

散文是最具“原生态”意味的文体，自先秦到五四，虽经文言到白话的语言转换，但在表达方式上并未发生革命性的变化，它不能虚构，难以先锋。20世纪80年代虽有过文体试验，但大多并不成功。因此，散文所展示的作家的修养、气象、情怀、趣味以及掌控语言、节奏的能力和高下，几乎一览无余。原野当然也难以超越这个文体的制约。但是，原野恰恰是在这样规定的范畴内，显示了他卓然不群的散文写作才能和决不流俗的文学品格。原野的散文不是时下流行的“文化大散文”，他的散文恰恰是“小散文”，两千字左右的微型短制，一个人物、一个情景、一段音乐、一起往事，信手拈来浑然天成，得心应手一蹴而就；原野的被述对象，都是我们司空见惯的日常生活，那里没有宫廷秘闻达官显贵，没有江山代变斗转星移。他书写的对象是我们常常想起的朋友、经常思念的亲人，忘情流连的自然山水或偶然邂逅的他乡故知。

原野的散文如此平凡和貌不惊人。那么，究竟是什么力量如此深深地打动了我们，让我们在这红尘滚滚的市声中，犹如猛然遭逢了高山流水空谷足音。在我看来，原野书写的虽然是我们置身其间的日常生活，是我们熟知的亲人和朋友，但是，就在这日复一日的平凡生活中，他发现了闪烁其间的高贵、尊严和不能换取的人间冷暖。它是现实的，但更是精神的。因此，原野是在精神的云端拥抱生活。在原野这里，高贵是一种精神向往，是一种纯粹的情谊，是没有计较的大爱，是与自然倾心的交谈或初恋般的迷恋，是不老的童真、真切的忧伤和奔涌无碍的友人聚会，它是鲜花、美酒、音乐，是一览无余的草原、莽莽林海，是草原上悠扬的长调翩然的舞姿，是绽放在母亲布满皱纹的笑脸和做针线时的宁静安详，是一次意外的邂逅，一次孤身独旅，它是世界上一切美好的事物。只有内心充满阳光、一心向善的人，才会有如此的情怀。他与怀疑、妒忌、尔虞我诈的阴谋、阴暗算计的蝇头小利无关。因此，原野的散文是那些小小忧伤、小女人情调、狂乱煽情或坐而论道的文字不能比拟的。原野散文的独特性与他的修养、阅历、阅读有关，更与他的精神向往、对生活的信任有关。他在议论、抒情和叙述中，总是彰显着他鲜明的浪漫主义风格。这是我们久违的，也是熟悉并期待的文学风貌或风采。

在原野的散文表达中，他是一个没有怨恨只有感念的人。在生活中，我们到处可以见到类似布鲁姆所说的“憎恨学派”，他们对一切都深怀不满，憎恨所有的事物。但憎恨不是批判，也不能替代批判，憎恨是用偏激的眼睛惩罚了自己。原野不同。在他的散文里，我到处看到的是感激和怀念。于是，我就经常读到这样的文字：

> ……我不是一个多愁善感的人，为何会常常流泪？……
>
> 后来我渐渐明白了，泪水，是另外一种东西。这些高贵的客人手执素洁的鲜花，早早就等候在这里，等着与音乐、诗和人们心中美好之物见面。我是一位司仪吗？不，我是一个被这种情景感动了的路人，是感叹者。
>
> 如果是这样，我理应早早读一些真诚的好书，听朴素单纯的音乐，让高贵与高贵见面。

这是原野对音乐和诗的赞美。他在另一篇文章中曾说到，一遍遍地听安捷罗斯用吉他弹奏的《悲伤的西班牙》，只因为那一串响板：“我反复听这首曲子，是为了与这一声响板遭逢。”

原野对生活的态度、纯真的趣味充满了人间暖意。他对生活细节的捕捉和描摹的生动，令人叹为观止。即便是写我们在其他文体或文艺形式中经常看到的场景，他也有另一种境界：

> 我当知青的时候，曾见过一群农村妇女，把一个壮实的男人按在地上，一位年轻的女人露出奶子，将乳汁挤进他嘴里。《圣经》中也写道："你吮吸了我母亲的乳汁，便是我的兄弟。"

生活在原野这里如此美丽。一个人书写什么表明他在关注什么，他以怎样的态度书写，表明他以怎样的态度看待生活。我总是隐约感到原野似乎有一种文化压抑，他的乐观、浪漫，除了民族血脉的原因之外，事实上也隐含了另一种文化抗争。他就是要用不屈的、乐观的文化精神对抗一种"一体化"的大文化。这种大文化既有以"全球化"为表征的商业文化的残酷覆盖，当然也有不曾言说的强势文化对弱势文化的巨大影响。原野是汉文化哺育的蒙古族作家，但在他的潜意识里肯定有一种对自己民族文化的深刻眷恋。他曾经谈到东亚民族的泪水，朝鲜族人、也有蒙古族人，"从他们的歌声里能听出悲伤"。于是，他读到蒙古族诗人《席慕蓉和她的内蒙古》时，潸然泪下。"就这样一直走下去吧/不许流泪，不许回头/在英雄的传记里，我们/从来不说他的软弱和忧愁。”也许是一种不自觉，一种无意识，但事实的确如此。

认识鲍尔吉·原野，是我到沈阳工作以后。作家刁斗经常提起他，几乎就要把他说成一个伟人。后来一起参加一些文学会议和活动就熟悉了。原野是个非常有趣的人，喜欢聊天，见多识广，雅俗共赏，很多女士和男士都喜欢他。我见过很多能聊的人，或饱学之士或知识精英。而他在知识精英和民间智者之间。

他是一个作家，他生活在人群中，但更生活在自己的生命里，只因他在精神的云端拥抱生活。

原载《文艺报》2008年8月21日

泣血书和忏悔录

——评彭学明的长篇散文《娘》

彭学明的长篇散文《娘》，自2012年1月由湖南文艺出版社出版以来，至今已有四个版本，发行逾百万册，是2012年以来中国文学的重要读物之一。现在，经过修订和增补，从过去的8万字，增至27万字，由山东文艺出版社出版。六年间，不时有关于《娘》的消息在文坛传递，有各种评论、报道以及作者现场演讲等。特别是彭学明的现场演讲，声情并茂，有时甚至涕泪交加，令在场者无不动容。

> 月光醒了，可以再回到天空；鸟儿累了，可以再回到森林；儿女没有娘了，就再也无处安生。没有娘

的家，是残缺的、空虚的、没有生气的。没有娘的孩子，再大的孩子都是无家可归。人活100岁，都得有个娘！没有娘，你的财富能够买断整个江山又怎么样？没有娘，你的权力能够统治整个世界又怎么样？你还是一个无家可归的孩子！现在，我就是那个无家可归的孩子。我把娘弄丢了。我无家可归了。我再也看不到娘天天站在阳台上目送我远去、等着我回来了……

在绵阳师范学院和四川省作家协会联合举办的“彭学明《娘》文学现象学术研讨会”中，当彭学明声情并茂地给师生们朗诵出《娘》的这段文字时，台上台下泪水一片。这样感人的场景已经不是第一次了。

《娘》的出现已然构成了一种现象。这与中国的“孝”文化有直接关系。《孝经·开宗明义》章中讲：“夫孝，德之本也。”“孝”字的汉字构成，上为老、下为子，意思是子能承其两亲，并能顺其意。《论语·学而》中孔子说道：“入则孝，出则悌，谨而信，泛爱众，而亲仁，行有余力，则以学文。”“孝悌”指的是孝敬父母、尊重长辈、友爱兄弟及关爱幼者的伦理行为，体现出感恩、回报和礼敬，并推及一切，善待他人，这就是行“仁”，也是古人修身齐家治国平天下之基础。在中国传统道德规范中，孝道具有特殊的地位和作用。在古今诗文中表达对双亲孝敬、思念的文字比比皆是。如孟郊的《游子吟》、京剧《三家店》中的诗句和唱词等，几乎妇孺皆知。但是用如此规模书写母亲一生的大型读物，除了张洁的《世界上最疼我的那个人去了》，彭学明的这部著作应该是影响最大的了。

这是一部泣血书。作者的娘吴桂英，小名吴二妹，一生悲苦难述。拖儿带女多次离异，为了生存和抚育儿女，她忍受所有的屈辱。娘的几次婚姻，一次比一次糟糕，每次离异都不是她的选择。第三次婚姻同样是失败的，但为了孩子也为了自己，她忍气吞声甚至不惜将一种民间秘方放到饭里，以期挽回继父离婚的心。这种有一个奇怪名字的药居然起了作用，让继父“回心转意了好几年”。当然，最终还是失败。娘同这位继父离婚后，家里出现了一个奇异的景观：分开后，另挖的火炕，新安的大床。大人和气了，孩子不打架了，一家做了好吃的也给另一家，一家大人外出了，孩子也会得到另一家的关照。两家居然和平共处相互照应。《娘》的感人，与作者写出了特殊年代的人间冷暖大有关系。作品写娘的婚姻史、屈辱史、苦命史；也写了一个伟大女性的命运抗争史、对儿女的哺育史，写了娘的坚忍不拔、不屈不挠和顽强的生命史。当然那个年代，受尽苦难的不是吴桂英一个人。作品也不经意间为我们展示了那个年代底层人真实的生存状态，或者说，类似的苦难不仅吴桂英一人在承受，她多次离异的丈夫及其家人，同样是因生存艰难做出的无奈选择。作者的两个继父离开时——一个是依依惜别，用他们的语言方式话别，他们的相互关心溢于言表；一个是不顾孩儿在场相拥而泣然后各奔东西。而后者突如其来的举动，甚至也瞬间缓解了讲述者对继父的仇恨心理。

《娘》是泣血书，同时也是忏悔录。作品中，我们不时地可以看到作者对娘的怨恨和不满。卑微的出身和生存压力，常使人生出莫名的“戾气”。娘嫁人他不满，听到娘与别的男人有闲话他不满，甚至高考失利，也将怨恨发泄在娘的身上，娘说拖累不了你几天了，他甚至发出咆哮。“我对娘横眉冷对、恶语相向。我对娘暴跳如雷、大发雷霆。只要娘和我搭话，我就点燃炸药，把娘炸回去。”一个孽子的形象活色生香栩栩如生。因此，这也是一部“浪子回头”

的忏悔录。2010年，彭学明的娘去世了，享年76岁。在那样艰难困苦中生活了一辈子的吴桂英能够顽强地活到76岁，也真是人间奇迹了。彭学明之所以能够在2012年发表这一作品，与个人的经历大有关系。一方面，年轻时少不更事，沉浸在个人的世界里，还没有对娘感恩的思想和情感能力；一方面，与他后来对人情冷暖的认知有关。他在第四十一章中说——

> 可悲的是，很多年，我都不知道自己把娘弄丢了。我一直以为没有娘的世界依然精彩，没有娘的日子依然快乐。我依然看似风光地到处讲学，依然心安理得地接受别人真诚的客气和虚假的恭维，依然自鸣得意地满足一点小小的虚荣。直到我在北京这个大都市里痛彻心扉地感到世情的冷漠、真情的缺失、人性的悲凉。

《娘》被广泛阅读，与当下的世风大有关系。现代性的发展，让人的个性有了极大的生长空间，所谓“主体性”几乎不能僭越。但人与人之间的关系则越发淡漠。这种状况，使传统的母子情感关系越发成为稀有。或许只有这一关系才是最真实、最没有条件和功利的关系。它触动所有的人，只因她是我们的母亲。这几乎是所有人都亲历过的情感关系，所以作品才有如此巨大的共鸣。另一方面，敢于触及自己内心深处的“无良”想法和念头，敢于将自己不曾言说的“原罪”的丑恶公之于世，不仅实现了自己的忏悔，同时也是最有力量的文学手段。苦难叙述和真诚忏悔，是《娘》获得成功的两大文学要素，对娘情深如海、如诉如泣的真实情感，是感动广大读者的最终力量。作品的封底有这样一句话：

> 娘，一块坚如磐石的寒玉，以月的清辉把我镀亮，以天的胸怀把我接纳，以海的深情把我养育。若有来生，我还是娘的儿子，匍匐在娘的脚下，亲吻娘的前世今生。

真是子欲养亲不待，儿想娘时难叩首。功成名就的彭学明对娘的悠长怀念，也可谓感天撼地了。

原载《光明日报》2018年9月25日

书生意气侠客梦

——评易洪斌散文集《凡圣之间》

散文是最能表达个人情怀的一种文体，无论是观沧海、看流云，饮酒赏菊，抒情言志，长篇短制，总会有意无意地透露出作家的境界、修养、学识乃至抱负、向往等与情怀相关的精神世界。在作家的情怀中，我们感受着不同的宁静致远或壮怀激烈，独善其身或兼济天下。《凡圣之间》是作家易洪斌近年来散文创作的结集，收有散文凡三十一篇。最能体现他个人风格的主要作品，可以在“文化散文”的范畴内议论，但他似乎又无意“术业专攻”，以求“自成一格”，而是听凭内心的指令，上下古今情之所至，只为能够抒发情怀。因此，在《凡圣之间》，我们看到的是作家眼中的上下几千年，古今中外事。这些文章内容的丰富性，从一个侧面反映了易洪斌的情感世界和内心向往。

千古文人侠客梦。易洪斌有多种不同的社会身份，这些身份总会对他以及他的朋友或隐或显、直接间接地产生某种影响乃至距离，这是身份社会不可避免亦无须回避的一种社会心理现象。但是，当易洪斌以散文家、画家出现的时候，他那些身份的光环则逐一褪去，呈现在我们面前的，是他缱绻多情的书生意气和豪情万丈的侠客梦想。这种情怀总会让人情不自禁地想起中国文人的传统以及面临的困惑。这个传统以及困惑大体说来就是进与退、居与处、独善其身或兼济天下。进入当代之后，这个传统和困惑似乎为其他问题所掩盖，但就知识分子这个群体的整体意识来说，问题并没有得到真正的解决。20世纪90年代以后，对陈寅恪、吴宓、王国维等大师的重新讨论，事实上就隐含了这种困惑的存在和未了的情愫。易洪斌是个现代知识分子，深受现代知识的熏染和陶冶，但他史学专业的知识背景和远未消失的、哺育了他的中国传统文化，仍然像血液一样流淌在他的精神领地。于是，在《凡圣之间》，我们看到的还是家事国事天下事，听到的还是风声雨声读书声。

面对历史、先贤的悠长慨叹和顿发的英雄情怀，构成了《凡圣之间》的主旋律。一介书生的侠客梦想，在大秦帝国军阵面前、在青年将军霍骠骑当年的战场、在侠客荆轲刺秦的想象中、在成全历史的西楚霸王惨烈的命运里、在一代风流谢东山潇洒从容的性情中、在邓小平处乱不惊气象万千的生涯里，得到了彻底和酣畅的抒发。我总认为，中国文化的主脉还是英雄文化，谁是历史的创造者的争论并不能掩埋英雄文化在文化传统中的巨大影响。从《公刘》开始，一直到大风起兮云飞扬、力拔山兮气盖世、八千里路云和月、留取丹心照汗青；再到绝好江山谁看取？涛声怒断浙江潮；面壁十年图破壁，难酬蹈海亦英雄；喜看稻菽千重浪，遍地英雄下夕烟；等等。这些英雄豪气对书生的影响当然不只是修身齐家治国平天下，重要的是一种英雄人格对读书人的深刻影响。在易洪斌的视野里，他不是以成败论英雄，重要的是他对英雄人格的钟情与认同。这里当然不乏成功者，他们创造或改写了伟大的历史，比如大秦帝国创造的“世界第八大奇迹”，比如流芳千古的古代大师，比如改变了中国命运的邓小平。这些深远影响已经写进了历史并还会焕发出耀眼的光焰。但对失意的英雄，对不成功的英雄，易洪斌则在人格的意义上给予倾心的理解和认同，他的这份理解和认同甚至更为热切甚至亲近。那份壮志未酬的怅然、掷地有声的一言九鼎，那份恍若隔世的“仁”和“义”，那种处乱不惊、视功名如浮云的潇洒从容和坦荡等等，同样是易洪斌高歌赞颂的对象。他追求的不是“世事洞明”，他羡慕的不是“人情练达”。在易洪斌的这些“文化散文”中，在他气壮词雄的文体修辞中，我读出的是一个现代知识分子内心博大辽远、高天流云般的情怀和书生侠客梦想的万千气象。

当然，《凡圣之间》记述的还有世间冷暖、凡人小事。他追怀父母的文字，应该是书中最为动情和动人的文字。特别是对父亲一生独善其身、清贫淡泊但又洁身自好、铮铮硬骨的知识分子风范的记述，分外感人。他是一个普通人，但他又是一个普通人中值得尊重的楷模。他的为人和风骨，对易洪斌显然有大的影响。日常生活中的细枝末节是最能反映一个人的品质和性格的，易老先生的那种人格，在易洪斌儿女情长的追忆中熠熠生辉，令人心碎。此外，在检讨人与动物的关系中，对现代文明的质疑，对动物世界绝望的眼神生发出的由衷的悲悯，表达了易洪斌情怀的另一方面。从大的方面说，事关人类生存，事关生态环境的平衡。但易洪斌所要表达的还是对生命的尊重和怜惜、人与动物和谐相处的深切愿望。这一点我们在《凡圣之间》的绘画里同样可以明确感知。在他的笔下，被命名为《小儿时节》的小狗，可以静若处子，眼神单纯得一尘未染；被命名为《健健》的小毛驴憨态可掬；而《雄视》中两只公鸡如赳赳战将，傲视群雄；《初出茅庐》的幼虎雄风初露以求一逞；《密林深处》的猫头鹰则目光炯炯如暗夜明灯……更有甚者，易洪斌有人与虎共舞的国画多种，虎的威猛与女性的温柔，恰是英雄美女，是力量与美的统一，它的新奇和大胆，超越了人与兽的界限，让你感觉本该如此。凡此种种，都表达了易洪斌英雄情怀之外的另一种关怀。这种儿女情长和对弱势族类的同情与悲悯，与易洪斌的散文构成了一种互文性，它是作家与画家用不同的艺术形式表达的相同的人文理想和文化理念。

书生意气、英雄情怀和人间世事的关怀，表达了易洪斌鲜明的入世态度。作为现代知识分子，对公共事物的积极关切，对人类精神领域的深入介入，是一种积极的人生态度，也是现代知识分子对社会价值和最高正义的理解和维护。易洪斌正值盛年，他在几个领域都取得了令人羡慕的成就。就他的积累和抱负而言，可以预知的是，他给我们带来的将是更多的惊讶和惊喜，我们对他的期待应该远远超过他的过去。

原载《文艺争鸣》2003 年第 6 期

湖畔的散文家

——评苏沧桑散文集《所有的安如磐石》《纸上》

《所有的安如磐石》

在消费文化统治生活的时代，越是高端文化越鲜有人问津，散文、诗歌的命运大抵如此。新时期以来，诗歌还有过辉煌的纪录，它开启了新的文学时代的功绩，无论是文学史还是受到它深刻影响的几代人，都铭刻在心。那是他们不能忘却的精神生活的一部分，他们因此而富有，因此可以月明风清地生活在别处，与这个红尘滚滚的时代界限分明。但散文似乎还没有这般幸运，这个古老的文体因体式的限制，既难革命又难先锋，因此，在这个“争夺眼球”的时代便很难被瞩目被热捧。于是，散文的寂寞也就是它的创作者的寂寞。当然，文学本来与热闹无关，它一如高山流水只待知音。但我发现，只要走进这个古老文体的深处，其四射的光华绚丽无比。

苏沧桑是一位散文作家，她生活在南中国的湖畔竹林边，执笔为文二十余年，有多种文集问世并获过“冰心散文奖”。这部《所有的安如磐石》，被称为是“散文中的天籁之音”，是苏沧桑十年磨一剑的散文精品集。文集凡五辑：分别命名为“它”、“我”、“他们”、“眼前”和“远方”。这些命名和它的内容，基本在昭示一个声音，那就是书的扉页提示的“像祖先那样，依从心灵的声音休养生息”。如果用现在时髦的说法来分析的话，这是“反现代的现代性”——现代的步伐一日千里，GDP的数字不断攀升，高楼大厦鳞次栉比，公路街道拥堵不堪……现代化将我们世代梦想的物质丰盈幻化为现实，同时我们也终于尝到了它酿造的如影随形的苦果。于是，反省或检讨“现代”的一厢情愿，就成为苏沧桑散文锋芒锐利指向的一个方面。这倒不是说苏沧桑如何用理性方式直指“现代”的要害，而是通过她的文体形式和情感方式，以不同的具体形象，类似

《诗经》中“兴”的表现方法,“先言他物以引起所咏之词”、托“草木鸟兽以见意”。比如她写竹、写水、写地气、写树、写米、写地痛，这些外部事物一经她的表达和讲述，就不仅仅借景抒情、抒怀状物，她要表达的是与现实、与我们有关，切近而紧迫的问题。她写高尔夫球场的地：那里“湖光山色、绿草如茵、沙坑果岭，无论是球场的景致还是球道的长短、难度，都是设计者精心设计、刻意雕琢。可它的宿命，生来就是挨打”。但是这还不够：

最痛的，是果岭边的地，可谓伤痕累累，因为球近果岭了，但还未上果岭，就要用切杆，杆头往地上切，做砍头一样的动作，瞬间，一大块草皮飞起来，被斩首的草粘在铁杆头上，绿色的黏液像血。敏感如我，常有种心悸的感觉。(《地痛》)

与其相比较的，是——

……儿时学自行车摔倒在农田里，那沁人心脾的泥腥味……翘檐的老屋……后山的小溪、映山红和一座座老坟……外塘姨婆家海泥鳅的无比鲜美，沙子炒蚕豆让人心碎的香，刚出锅的小葱炒土豆，鸡鸭狗打架……黑白照片里母亲的纯美……上学路边一丛比太阳还艳的野菊花……毛竹搭的戏台……母亲亲手做的嫁衣……异乡街头飘来的家乡海鲜汤年糕的味道……泛黄的手写书稿……黑板上熠熠生辉的词语——淳朴、诚信、正直、坦荡、理想、快乐……(《地气》)

“现代”就这样将诗情画意和田园风光永远地变成过去。“战胜自然”“改天换地”的口号实现了，但是，在这远非理性的观念和道路上，我们真的找到了我们希望找到的东西了吗？在苏沧桑的比照下，我们看到的只是触目惊心的沧海桑田。

当然，这还只是“现代”铸就的外部事物。在财富和金钱成为引领社会价值观的时候，社会道德的跌落便是它结出的另一个畸形恶果：

三十年后，我的孩子，和无数孩子一样，带着手机，背着沉重的书包和家长一万个不放心的叮嘱和眼神，走在放学路上。野兽般的汽车，狼狗般的电瓶车，等在校门口的杀人狂，骗子，拦路勒索的校园小霸主，富含各种有毒物质的各种零食，一路风险，一路忐忑，一路风声鹤唳。(《放学路》)

因此，苏沧桑虽然处江湖之远，但她“位卑未敢忘忧国”。她曾在书的后记中表达过她近年来对现实生活的真实感受——“最近这一个十年，我表面平静，内心汹涌。夜深人静时，我清晰地看到自己以及和我一样匍匐在大地上的动物们、植物们、人们的生态堪忧——离最初的朴实、纯真、安宁、诗意，越来越远；离一种安如磐石的幸福感，越来越远。”她的这些篇章，充分表达了她对公共事务积极介入的热情，这是一个现代知识分子和优秀作家应该具备的品行和坚持的最高正义。

但是，作为一个散文作家，特别是一位女性散文作家，苏沧桑当然不是专事社会文化批判的职业斗士。这也诚如著名作家张抗抗在本书序言所说，苏沧桑写的是她的“痛与梦”。她更多的散文还是写她亲历的人与事，写她的梦幻和理想。在她的作品中，她写保姆、女儿、朋友、父亲母亲，写犯罪的少年，写梅家坞和种满庄稼的花园，写人心的善和人间的暖意，写渴望“像仙女一样”地生活，当然也写异国情调他乡异客。“自由飞翔”的“我”，“依从心灵的声音休养生息”的“他们”，那看似“走得很慢”、也许是“走在最前面的”“眼前”事物，以及与信仰和普遍价值有关的“远方”想象等。其在苏沧桑的笔下缥缈而柔美，端庄又俊逸。

苏沧桑散文的书写对象，大多应该是诗的题材，特别是题目，极富诗意。从她的散文中可以明显感知，她有良好的传统文化修养，尤其是古典文学的功底。她对传统文学中的诗词歌赋、琴棋书画显然格外属意；当然，她也热爱梭罗的《瓦尔登湖》、德富芦花的《自然与人生》，因此，她的文章既有传统中国士大夫的风雅意趣，又有现代知识分子的家国情怀；既有家事国事天下事，又有风声雨声读书声。但是，究其苏沧桑散文的最大魅力，还不只是书写的对象或遣词用语，最重要的还是她的真情实感，她的这些文字是从心底流出的文字。有幸邂逅《所有的安如磐石》，眼前浮现的作家苏沧桑便是——“休提纤手不胜兵，执笔便下风华日”的形象。相信她苦心经营种下的这些文字，“深浅不一的疼痛与忧伤”，一定能够实现她唤醒哪怕一座仍在沉睡的“珊瑚礁”的真切期待。

原载《文学报》2013年3月21日

《纸上》

在延安时代，文艺家们曾开展了“走向民间”的活动。这个活动在阿里夫·德里克看来，对来自大城市的知识分子来说，这是对他们实现思想情感和话语方式“转译”的重要举措，让他们的思想情感和话语方式都转向人民大众一边。通过这一活动，延安的文艺家们解决了“中国作风和中国气派”的问题，自然也解决了为什么人的问题。在中国共产党实现民族全员动员，建立现代民族国家这个总目标上，文学艺术起到了重要作用。这个传统从延安时代开始，一直延续到当下的文学创作。民众动员的时代过去了，但是，生活是文学创作的重要源泉的真理性并没有成为过去。多年来，苏沧桑不断地走向民间，汲取了大量的文化营养，逐渐形成了个人相对稳定的书写对象和审美趣味，创作了大量受到广泛好评的作品，在生活中，她找到了一条适于自己的创作道路，用她的话语形式和讲述对象，发现了另一个我们不熟悉、已经远去却还存活在当下的历史，这是活的化石，是散落在民间的历史脉搏的有力回响。这就是《纸上》。

这些作品在结集前曾先后发表过。《纸上》曾在《人民文学》头条重点推出、《新华文摘》转载，《跟着戏班去流浪》《与茶》《春蚕记》《牧蜂图》《冬酿》《船娘》等先后在《人民文学》《十月》等刊出，在读者中引起热烈反响。这些作品，都实有其人实有其事。如朱中华与古法造纸，邵云凤、沈桂章与春蚕，潘香、阿朱、赛菊等与戏班，黄建春等与“茶”，沈建基与养蜂人，灵江叔等与酿酒，虹美等船娘们。内容是“非虚构”的，笔致是散文。

当我们阅读其中一篇作品的时候，觉得别致但也许没有多大的冲击力，但是，当集中阅读这些作品时会猛然发现，一个不一样的江南在苏沧桑的作品集中被塑造出来。

《纸上》写的是富阳一个古老村落里唯一坚持古法造纸的传承人。“京都状元富阳纸，十件元书考进士。”元书纸是富阳竹纸的精品，是富阳传统手工制纸品的代表。富阳在唐末宋初开始制造竹纸，工艺技术随时间推移渐趋成熟，生产的竹纸质地优良、洁白柔韧，微含竹子清香，落水易溶、着墨不渗、久藏不蛀，成为书写公文用的首选纸品。朱中华是造纸世家，家族最辉煌时，曾有八个纸槽五十个工人。到了朱中华这里，他的愿望就是造出世界上最好的纸，让会呼吸的纸、让纸上的生命留存一千年、一千零一年、更多年。这是一个了不起的愿望。这个愿望看起来诗意无限，背后隐含的却是无尽的艰难。人们较多关注的是纸上的字、纸上的画，谁的印章，却没有人关注一张纸本身，也没有人关心一种纸的消失、一门手艺的失传将意味着什么。作者以诸多现场细节、观察，讲述了古法造纸人朱中华和继承他志业后代的不易。作者说，为了写《纸上》：“为深入体验、采访，我踩着泥泞，冒着严寒，顶着雾霾，忍着病痛，亲手触摸在水里泡了四十多年的60多岁捞纸工的手。那双手的触感让我震撼，仿佛摸在一块没有生命的橡胶上，橡胶上层层叠叠结着白色的、厚厚的老茧和没有一丝血色的旧裂痕。《纸上》试图挖掘记录现场所有的气味、声音，将笔尖深入纸的每一层肌理，在……近两万字中，解剖一张纸的前世今生、它与主人公命运的深刻联系、它的传承与未来。”《纸上》洋溢的不是盎然的诗意，而恰如这古法造纸的历史一样少有欢欣。

《跟着戏班去流浪》是我更喜欢的一篇作品。题材浪漫，写得也浪漫。戏里戏外真真假假，人生如戏戏如人生。不同的场地，不同的观众，自然也有不同的遭遇。不明白戏班流浪人生的作者和戏班人说："演戏多好啊，我从小就想当作戏人。"但赛菊的一句"太苦了呀"，大家就都不响了。流浪的戏班本质上是苦中作乐，他们是中国民间的"大篷车"。还有那常年徜徉在湖光山色间的船娘，表面看，她们就生活在诗意间，或者说她们本身就是诗意的一部分。但没人知道的是她们每一天过的是"眼睛的天堂，身体的地狱"般的日子。还有那养蜂人，辗转在天山、伊犁河谷、果子沟、赛里木湖，这是何等的浪漫诗意。但是，一旦需要转场，火车说走就走，途中就如现代性一样不确定，于是，吃饭、上厕所都成了问题。如果火车开走了，要么你"扒车"去追，要么找火车搭车去追。下了火车还要找马队驮蜂箱，一波三折的仍是故事的主体：马失前蹄，车翻了，受惊的蜜蜂疯狂乱窜，一头大马竟然被惊慌失措的蜜蜂活活蜇死。翻车要人命，蜜蜂受惊也会要人命。这是生活，但也只是生活的一部分。作者追逐的养蜂人，居然是一个年届七十的诗人。他将养蜂遭遇的所有艰辛，都幻化成生活的诗篇。诸如此类，《纸上》描述的人与事，恰如东边日出西边雨，让人喜忧参半悲喜交加。但生活的本质不就是这样吗？苏沧桑在自序《春天的秒针》中说："三年多来，'我'深入'他们'的生活现场，亲身体验捞纸、唱戏、采茶、养蜂、育蚕、酿酒、摇船，截取鲜活的人生横断面，深度挖掘其间所蕴含的中华民族特有的精神价值、思维方式、文化意识、文化自信，抒写新时代新精神，讴歌中华民族山水之美、风物之美、传统之美、劳动之美、人民之美。"这是作者走向民间的真实体悟。

《纸上》所有的作品，都来自作者的亲历。这不仅使作者与她的书写对象有了同呼吸共命运的情感联系，同时，她也发现了另一个不一样的、我们不了解的江南。过去，我们理解的江南是白居易的《忆江南》——

江南好，风景旧曾谙。日出江花红胜火，春来江水绿如蓝。能不忆江南？

江南忆，最忆是杭州。山寺月中寻桂子，郡亭枕上看潮头。何日更重游！

江南忆，其次忆吴宫。吴酒一杯春竹叶，吴娃双舞醉芙蓉。早晚复相逢！

或者是张若虚的《春江花月夜》，或者是苏东坡的《望江南》，在文人墨客的眼里，江南被描摹得草长莺飞花团锦簇，风光无限诗意无限，江南就这样成了人间天堂。这是诗人的江南。苏沧桑的不同，是她透过历史构造的诗意江南，在民间、在生活中看到的另一个江南。这个江南同样诗意无限，它与历史、与风物风情、与华夏文明息息相关。但是，维护、传承、光大这一文明的人们，不可能在花前月下，在茶肆酒楼完成，他们要在生产实践中、在劳动中完成。于是，苏沧桑的散文，承继了一个伟大的主题，这就是劳动的主题。“劳者歌其事，乐者舞其功。”我们在理论层面，从来不否定劳动的意义和劳动者的价值。但是，许多年以来，在我们的文学中，还有多少劳动者的身影被歌颂，还有多少劳动者的形象被塑造？当苏沧桑将这些默默劳作的“人民”跃然纸上时，我们才发现，我们与这样的形象已经久违了。

这是苏沧桑走向民间的发现。这个发现不只是对民间生活的发现，同时也是对民间美学的再发现。民间美学就是前现代美学，前现代美学的审美对象是自然、乡村和劳动，美的观念是建立在自然原生态基础上的。如果是这样，我们就不难理解为什么有怀旧、乡愁等与前现代相关的离愁别绪，为什么乡村美学在中国是如此的强大甚至不可撼动。审美对象的选择，也隐含了作者对某种审美对象的拒绝。对乡村的意属，是“反现代的现代性”。当然，我们不可能将苏沧桑的选择愚蠢地认为她在倒退或复古。事实是，她书写的那种生活方式或生产方式，于今天来说，是只可想象难再经历的过去。但是，这些场景或前现代的生产、生活方式，是她用文字构建起来的另一座“博物馆”，让后来者也能够了解甚至直观这些“陈年旧事”，并通过这种方式进入历史。过去的事物在生活中可能失去了实用功能，但它在生活中并没有消失，它还潜移默化地作用于我们的心灵和精神世界，那是我们的文化血脉。苏沧桑身体力行，用她的纤笔一支，抚今追昔，用文字打造了一座非遗博物馆，实在是难能可贵。当然，她的努力有了令人鼓舞的回响，她曾获得了许多奖项。“十月文学奖·散文奖”授奖词说：“她在纸间供养中国江南最后的蚕桑，蚕声如雨，笔落成茧。一个民族星云闪烁的记忆，耕织社稷的文明初心，一带一路上的远方与乡愁，她以蚕桑之事织就对世界的整体性想象。它是桑间地头行走的辞章，是千年蚕事女儿心与文心在当代田野的相会，一曲灵动幻美、文质皆胜的非虚构农事诗。以美文的形式抵达如此宏大深邃的主题，苏沧桑外，罕有人及。”这样的评价，苏沧桑当之无愧。

原载《光明日报》2021年8月4日（原题目《走向民间，发现另一个江南》）

词与物：构建新的中国性

——评刘琼的散文集《花间词外》

在古典中发现“现代”，或者在现代中发现“古典”，是相互镜像的结果。特别是近一时期，很多有学院背景的散文家——尤其是那些从批评家转型到散文领域的作家，多从本土资源寻找灵感，拓展了散文的疆域，构建了散文新的时代感，成为当下散文创作的一道新景观。刘琼是艺术学博士，著名评论家，同时她也一直坚持散文创作。她的《通往查济的路上》出版后获诸多好评。她写游记、读书心得、艺术感受、日常琐事等，写得也很好。但实事求是地说，这本集子还没有形成个人独特的东西，个人辨识度不那么高。2021年10月，北京十月文艺出版社出版了刘琼新的散文集《花间词外》，她的散文创作有了大变化。这是一部读过之后让人频频点头不能忘记的散文集，是一部散发着“香草美人的中国美学”的散文集，从难得的意义上，说是“空谷幽兰”也不为过。

和很多人一样，拿到书的第一印象觉得这应该是一部研究或赏析“花间词”的著作。看了内容方才明白，十二篇文章，十二种花木，只是书写的一个方面。而另一方面更关乎她的笔法，这个笔法就是大家都了解的比兴。比是类比，就是以彼物比此物，作家有故事或情感，借一个事物作类比。一般来说，用来作比的事物总比被比的本体事物更加生动具体、鲜明浅近而为人们所知，便于人们联想和想象。形象生动，鲜明，突出事物的特征。兴，是先言他物以引起所咏之词。说得简单些，刘琼就是借题发挥，借景抒情，醉翁之意不在酒。但有趣的是，刘琼选择的不是大漠边关金戈铁马，不是忠君殉国文臣武将，而是庭下丁香晏几道，池上海棠温庭筠。金戈铁马文臣武将是国家大叙事的对象，那些诗文惊天动地雄伟辉煌，与江山社稷命运密切相关，当然也与百姓祸福相依，但难以贯彻到日常生活中，或者说这些诗文在生活中难以具体化。能够和日常生活建立联系、建立情感关系的，还是一草一木花团锦簇。这个观念与刘琼作为女性学者和作家有关系，但更与她的美学观念有关系。她在《兰生幽谷无人识》中说，绍兴有个叫棠棣的地方，号称“兰花村”，家家户户种兰花，而且将兰花发展成了产业。“兰花能成为产业，是因为有民众审美基础。兰花品相素洁，符合中国古典审美标准。古典的美，追求有内涵和韵致的低调的美，或者叫简约、朴素的美。栽培历史既久，渐渐地，兰花的品种也栽出花样了，大致形成春兰、建兰、蕙兰、墨兰、寒兰。小类还可以细分。这五大类，从植物学的角度，统称为中国兰。所谓中国兰，就是原生地为中国的兰花，是中国古人诗词绘画里的兰花。”由兰生幽谷无人识，到兰花产业，再到画家刘晖的兰花，再到熊希龄太太朱其慧赠予胡适先生的兰花草，以及小诗《希望》，兰花便有了历史，有了雅致的故事。这些选择和历史的编撰者刘琼，是带着她的观念为我们讲述兰花的历史。刘琼的这一“选择性记忆”和阐释非常重要。在我看来，包括古典诗词在内的中国传统文化，类似于央视的“中国诗词大会”，普及中国古代诗词经典，让更多的人了解或对古典诗词产生兴趣，从而弘扬传统文化，这当然也很重要。但是，能够发现古代生活与当代生活的关系，发现在不断剧烈的社会变革中，中国民间生活仍有不变的传承，仍有历史连续性，从而发现我们生活一以贯之的“中国性”，应该更让人感到振奋，感到我们的生活是有根的。所谓树大根深，也就是这个意思吧。

“落梅横笛已三更”是纳兰性德的诗句。刘琼写到纳兰性德是因为喜欢：“宋之后，纳兰性德是我最喜欢的词家，一个满族贵胄能把汉语的词写得如此唇齿生香，真是了得。”对纳兰性德的欣赏热爱跃然纸上一览无余。“纳兰性德为什么吸引我？想来想去，无非是深情和优美。深情是指纳兰性德其人。……深情还不是多情。多情是一种生理反应，在量上面占优势。深情折射主体的精神气质，在深度和专注层面取胜。有无深情，是一个人的人格指标。”在刘琼这里，深情超越了情感指数而上升到人格层面。还有她对纳兰性德艺术才能的欣赏或钦佩：“写景描物真切传神，境深格高，汉语的丰富、微妙和美好得到了升华提炼。一个满族正黄旗子弟能将汉语运用得如此优美，能将边塞和江南文化表达得如此透彻，能将人性和人情描写得如此淋漓尽致，不能不令人钦佩。”情动于中而形于言，刘琼对纳兰词也真是动了真情。文章自然也写了“落梅”句，认为意境生动，含蓄内敛，既写庭院落梅纷纷，亦写人生如寄怅然失落。文章开阖有致收放自如。突出纳兰性德的才情，是在比较中实现的，文中写到唐代诗人“三李”，写到古琴古乐，无非是为了一个“情”字，但哪一种情更动人心魄，刘琼还是选择了纳兰性德。王国维认为“大家之作，其言情也必沁人心脾，其写景也必豁人耳目。其辞脱口而出，无矫揉妆束之态。以其所见者真，所知者深也。诗词皆然”。他还说：“文学之事，其内足以摅己，而外足以感人者，意与境二者而已。”刘琼对于诗家词家的意属，应该与静安先生的意思有相似性吧。

《花间词外》写了十二种花木，除了兰花、梅花，还有荠菜花、海棠花、紫樱桃花、石榴花、芙蓉花、槐花、桂花、菊花、丁香、水仙等，这些花都出现在名诗名句里。它们之间并无逻辑上的关联，刘琼将其“结构”在一起属于一种“虚构”，但它们并不是完全没有关系。比如通过符号和释义的关系就可以得到解释。在福柯看来，以相似性连接的世界，只能是一个符号的世界，这样，以相似性连接的“符号世界”就具有双重的意义：首先，在世界深处，它使世界成为可见东西的不可见的形式；其次，为使形式可见必要有一个可见的形象，因而，它可将不可见牵连出来。因此，相似性的“释义学”和记号的“符号学”，就是构建世界的两个核心学问。刘琼的工作就是要通过十二种花的“符号”的释义，构建出一个一以贯之的中国美学或中国性。应该说她在一定意义上实现了她的诉求。

将花作为“文本”释义，并将其构建成一种历史，是因历史为这些花木提供了通约关系。没有这种通约关系的花花草草，是不可能进入“历史”的。比如有一种花虽然不是兰目但叫铃兰，又名君影草、山谷百合、风铃草，绿叶白花，花朵上下排列酷似风铃。铃兰非常漂亮，但它整株植物都携带毒性，触摸铃兰可能会导致出现恶心呕吐的中毒现象。因此，漂亮的铃兰作为一种花的符号，它有药物作用，但经不起美学释义。因此，大概没有什么人写过与铃兰有关的诗词。还有曼陀罗花，据说曼陀罗是一种受到诅咒的不祥之花，其身上携带剧毒，会给人们带来不幸。曼陀罗妖艳美丽，尤其是红的曼陀罗血腥如血，紫色曼陀罗神秘恐怖。它全身都有毒，毒性最强的是曼陀罗的种子，一般因曼陀罗中毒，会在半小时左右出现中毒症状，中毒较轻的人会在一天内症状消失，较严重的人则会陷入昏迷死亡。还有罂粟花，白罂粟、红罂粟，是世界上最妖娆最毒的花，它原名叫英雄花，象征着天蝎座，其花花色妖艳，十分美丽，像是一位妖娆的美人静立枝头待人前来。我们可以从罂粟花中提取出制造毒品的原材料，其所制造出来的毒品如大麻、鸦片，人长期吸食后容易上瘾，变得精神萎靡，慢性中毒，严重危害人们的身体健康。还比如福寿草，又叫冰凌花，花瓣为黄色，开花时总是顶冰而出，在冰天雪地中开出金黄色花朵，白黄对比格外妖娆美丽。但福寿草在其美丽的外表之下含有剧毒，人不小心中毒后，可能会出现恶心、呕吐、嗜睡等现象，严重者甚至可能失去性命。此外颠茄、马利筋、紫穗槐、天仙子及杜鹃花，这些花名都有极大的迷惑性，但却难以入诗入词。

刘琼书写的十二种花木，因诗词而名声大噪，因生活构建了自己的历史。有趣的是，它们进入生活的历史，不只是文人雅士的历史，同时也进入了寻常百姓家。比如“却道海棠依旧”，是李易安《如梦令》中的名句。由婉约派代表李清照，自然要写到豪放派首领苏东坡。苏东坡的《水调歌头》大名鼎鼎，甚至有人说，苏东坡的《水调歌头》

一出,“从此无人敢写中秋情”。话虽夸张，但却从一个方面证实了苏词恒久的艺术魅力。《水调歌头》传唱不衰直至今天——

过去用工尺谱，现在是简谱。关于《水调歌头》，简谱至少出现了两个流行版本。一个是台湾梁弘志版，比较早，邓丽君和徐小凤都唱过，传入大陆后，一度成为电视晚会和KTV的热门歌曲，歌名叫《但愿人长久》。另一个是陆在易版，2011年完成，今天的美声界“男一号”廖昌永在音乐会上唱过。

如果仅仅是流行歌手的演唱或KTV的点歌量，还不足以说明问题，将《水调歌头》直接“矮化”为流行文化也未必是值得张扬的事。还有人会用曲调吟诵:“我最后一次听，还是老诗人、翻译家屠岸去世前两年。屠岸先生是常州吟诵传承人。那年，硕士生导师骆寒超从杭州来京，参加《诗刊》杂志的一个座谈会。会前，几位‘80后’‘90后’老友聚会，屠岸先生当时高寿91岁，神清气爽，一段优雅抒情的常州吟诵，顿时把满座带回‘吴吟’‘越唱’时代。”这两个场景很难交融在一起，但它们共存于一个时代，足以说明传统文化的树大根深。任何一种事物，只要进入日常生活，无论文人雅士的生活还是寻常百姓的生活，其生命的活力便无可阻挡。刘琼的借题发挥，借景抒情，醉翁之意不在酒，说到底，要释义的还是今天，于那些传统的文化符号来说，她就是要王顾左右而言他。这是刘琼与其他讲述传统文化的学者最大的不同。

近些年来，散文创作有大变化。这一变化是更丰富、更复杂、更幽深、更具历史感也更具中国性。李敬泽、李修文、李舫、潘向黎、刘琼、陈福民等新散文创作群体，另辟蹊径，在中国偌大的文化时空中往来穿梭乐此不疲。这个转变是群体性的，因此也就构成了散文创作的重要现象。

原载《光明日报》2021 年 12 月 4 日

后 记

我对散文并无特别研究。散文不像小说，有系统的理论，因此小说是可以评论的。散文没有系统的理论，因此评论就比较困难，该说的作者都在文章中说清楚了，无须评论画蛇添足。但有趣的是，散文评论非常多，而且有专门从事散文评论的评论家。如果是这样的话，散文当然还是可以评论的。我写散文评论并不是有意为之，除了我的老师谢冕先生之外，基本是应作者或编者之约写的。在答应写文章之前，我都有言在先：我不会写散文评论。相约者自然客气，溢美之词像早就准备好了一样。于是就写了。相约者众，于是就有了这本小册子一样的散文评论集。

我读这些散文，首先是受益匪浅。谢冕先生、王充闾先生，都是著名学者，谢先生是我的老师自不待言，充闾先生的学问是我在参加一次博士研究生答辩时知晓的，他对古代文论典籍的熟悉令我大吃一惊。再读他的散文，看到经史子集诗词歌赋信手拈来便不再惊讶。易洪斌先生是“文革”前北师大历史系毕业的大学生，鬼使神差地分配到了吉林省延边林业系统，后来到《延边日报》，再后来到《吉林日报》做社长和总编辑。他才华横溢，写美学著作，写小说，写散文，画画，是吉林美术家协会主席。他的《深深的海洋》是写邓小平的，我目力所及，这是写邓小平最好的散文，起码是之一。张承志、贾平凹、韩少功、南帆等，是这个时代的散文圣手。他们趣味不同，情怀各异，但他们在散文领域都取得了了不起的成就而被广为称颂。周晓枫、李舫、李修文、彭学明、鲍尔吉·原野、苏沧桑等，是专事散文创作的作家。他们是当下散文创作的主力阵容，翻开各大报刊，他们的大作排山倒海呼啸而下，评论他们的文章也难以计数。值得一提的，是李敬泽、张清华、何向阳、陈福民和刘琼五位作家。他们都是我非常熟悉的同行，在批评领域大名鼎鼎成绩斐然。但李敬泽突然有一天“不辞而别”，紧锣密鼓地出版了《青鸟故事集》《咏而归》《会议室与山丘》《会饮记》等，文坛一时轰动，于是“新锐作家”李敬泽横空出世方兴未艾。张清华是当下最出色的评论家之一，他在评论领域的全面，令人赞叹，文学史、小说、诗歌等的评论，有口皆碑。同时他也是“在语言中生活”的杰出诗人和散文随笔作家。他出版有诗集《形式主义的花园》等多部，随笔集《海德堡笔记》出版二十余年后仍可再版并深受好评。何向阳是女性批评家的翘楚，近年成为著名诗人，同时也是散文创作的名家。她的《朝圣的故事或在路上》《肩上是风》《自巴颜喀拉》《思远道》《镜中水未逝》等，是散文创作的重要收获。陈福民是2021年散文创作的风云人物。他的《北纬四十度》风靡一时，曾几度进入不同的“好书榜”，各种推介更是此起彼伏。刘琼的《花间词外》另辟蹊径，以草木文心构建了新的中国性，也发现了新的中国性。我徜徉在师友创作的散文帝国如遇春暖花开心情大好。

一次《十月》杂志开会遇到校友韩敬群先生，表达了我希望能出版这本小书的愿望，很快得到了敬群指派的编辑陈玉成先生的回复。我自然高兴无比。因此，我要感谢北京十月文艺出版社，感谢敬群先生，感谢玉成编辑。也借此机会感谢曾经发表这些文章的报刊和各位编者，谢谢！

2021年11月7日于北京寓所

图书在版编目(CIP)数据

散文的气质 / 孟繁华著. — 北京 : 北京十月文艺出版社，2022.10

ISBN 978-7-5302-2251-5

Ⅰ. ①散… Ⅱ. ①孟… Ⅲ. ①散文—文学研究—中国—当代 Ⅳ. ①I207.67

中国版本图书馆 CIP 数据核字 (2022) 第 134521 号

散文的气质

SANWEN DE QIZHI

孟繁华　著

出　　版　北 京 出 版 集 团

　　　　　北京十月文艺出版社

地　　址　北京北三环中路 6 号

邮　　编　100120

网　　址　www.bph.com.cn

发　　行　新经典发行有限公司

　　　　　电话 010-68423599

经　　销　新华书店

印　　刷　北京盛通印刷股份有限公司

版　　次　2022 年 10 月第 1 版

印　　次　2022 年 10 月第 1 次印刷

开　　本　787 毫米 ×1092 毫米　1/32

印　　张　8.5

字　　数　130 千字

书　　号　ISBN 978-7-5302-2251-5

定　　价　45.00 元

如有印装质量问题，由本社负责调换

质量监督电话　010-58572393